W0190727

Ein Stern strahlt in dein Herz

Ein Stern strahlt in dein Herz

Geschichten zur
Weihnachtszeit

benno

Die Deutsche Nationalbibliothek verzeichnet diese
Publikation in der Deutschen Nationalbibliografie;
detaillierte bibliografische Daten sind im Internet
über http://dnb.d-nb.de abrufbar.

**Besuchen Sie uns im Internet unter
www.st-benno.de**

ISBN 978-3-7462-3191-4

© St. Benno-Verlag GmbH
04159 Leipzig, Stammerstr. 11
Zusammenstellung: Volker Bauch, Leipzig
Umschlaggestaltung: Ulrike Vetter, Leipzig
Umschlagabbildung: © Stefan Körber/Fotolia.de
Gesamtherstellung: Kontext, Lemsel (A)

Inhaltsverzeichnis

1. Kapitel
Die Stille des Schnees

2. Kapitel
Wunder der Weihnacht

3. Kapitel
Es war ein gutes Jahr

1. Kapitel

DIE STILLE
DES SCHNEES

Vor einem Winter

Eva Strittmatter

Ich mach ein Lied aus Stille
Und aus Septemberlicht.
Das Schweigen einer Grille
Geht ein in mein Gedicht.

Der See und die Libelle.
Das Vogelbeerenrot.
Die Arbeit einer Quelle.
Der Herbstgeruch von Brot.

Der Bäume Tod und Träne.
Der schwarze Rabenschrei.
Der Orgelflug der Schwäne.
Was es auch immer sei,

Das über uns die Räume
Aufreißt und riesig macht
Und fällt in unsre Träume
In einer finstren Nacht.

Ich mach ein Lied aus Stille.
Ich mach ein Lied aus Licht.
So geh ich in den Winter.
Und so vergeh ich nicht.

Der Eiszäpfel

Matthias Claudius
Aus: Neue Erfindung

Gestern als ich im Garten gehe und an
nichts weniger denke, schießen mir mit
einmal zwei neue Festtage aufs Herz, der
Herbstling und der Eiszäpfel, beide gar
erfreulich und nützlich zu feiern.
Der Herbstling ist nur kurz und wird mit
Bratäpfeln gefeiert. Nämlich: wenn im
Herbst der erste Schnee fällt, und darauf
muss genau achtgegeben werden, nimmt
man so viele Äpfel als Kinder und Personen im Hause sind und noch einige darüber, damit, wenn etwa ein Dritter dazu
käme, keiner an seiner quota gekürzt
werde, tut sie in den Ofen, wartet bis sie
gebraten sind, und isst sie denn.
So simpel das Ding anzusehen ist, so gut
nimmt sich's aus, wenn's recht gemacht
wird. Dass dabei allerhand vernünftige
Diskurse geführt, auch oft in den Ofen
hineingeguckt werden muss etc., versteht
sich von selbst.

Und soviel vom Herbstling.

Der Eiszäpfel will nun wieder ganz anders traktiert sein, und hat seine ganz besondre Nücken. Mancher denkt wohl: wenn er Eiszapfen am Dache sieht, könne er nur gleich anfangen zu feiern; aber weit gefehlt, es wird mehr dazu erfordert. Der Eiszäpfel kann durchaus ohne einen Schneemann nicht gefeiert werden, und dazu muss erst Schnee sein und Tauwetter kommen, dass der Schneemann gemacht werden kann, und wenn er gemacht ist und vor dem Fenster steht, muss es wieder frieren, dass Eiszapfen am Dach werden, eine halbe Elle lang, nicht länger und nicht kürzer usw. Das sind die Präliminar-artikel und die conditio sine qua non.

Was sagst Du nun? Gelte, das ist 'n intrikates Fest! Es geht auch mancher Winter darüber hin, ohne dass eins zustande kommen kann. Wenn nun aber obige Umstände alle eingetreten sind und sonst kein merkliches Hindernis im Wege ist, so kannst Du denn zwischen drei und vier Uhr nachmittags das Fest angehen lassen, das NB. von Anfang bis zu Ende mit trockenem Munde gefeiert wird. Nach vier, wenn's dunkel worden ist, wird eine Laterne in den hohlen Kopf des Schneemannes getan, dass das Licht durch die Augen und den Mund herausscheint – und denn geht Groß und Klein auf und ab im Zimmer und sieht aus dem Fenster unter den Eiszapfen hin nach dem Schneemann, und denkt dabei an einen andern Schneemann, ein jeder, nach dem ihm der Schnabel gewachsen ist, und das ist der höchste Moment der Feier. Lebe wohl, lieber Andres, und feire fleißig alle Festtage und heilige Abende, bis der rechte heilige Abend anbricht.

Die Grille und die Ameise

Jean de La Fontain

Die Grille, die den Sommer lang
zirpt' und sang,
litt, da nun der Winter droht',
harte Zeit und bittre Not:
Nicht das kleinste Würmchen nur,
und von Fliegen keine Spur!
Und vor Hunger weinend leise,
schlich sie zur Nachbarin Ameise,
und fleht' sie an in ihrer Not,
ihr zu leihn ein Stückchen Brot,
bis der Sommer wiederkehre.
»Hör'«, sagt sie, »auf Grillenehre,
vor der Ernte noch bezahl'
Zins ich dir und Kapital.«
Die Ameise, die wie manche lieben
Leut' ihr Geld nicht gern verleiht,
fragt' die Borgerin: »Zur Sommerzeit,
sag doch, was hast du da getrieben?«
»Tag und Nacht hab' ich ergötzt
durch mein Singen alle Leut'.«
Durch Dein Singen? Sehr erfreut!
Weißt du was? Dann tanze jetzt!«

Der Weihnachtsbaum

Joachim Ringelnatz

Es ist eine Kälte, dass Gott erbarm!
Klagte die alte Linde,
Bog sich knarrend im Winde
Und klopfte leise mit knorrigem Arm
Im Flockentreiben
An die Fensterscheiben.
Es ist eine Kälte! Dass Gott erbarm!
Drinnen im Zimmer war's warm.
Da tanzte der Feuerschein so nett
Auf dem weißen Kachelofen Ballett.
Zwei Bratäpfel in der Röhre belauschten,
Wie die glühenden Kohlen
Behaglich verstohlen
Kobold- und Geistergeschichten
   tauschten.
Dicht am Fenster im kleinen Raum
Da stand, behangen mit süßem Konfekt,
Vergoldeten Nüssen und mit Lichtern
   besteckt,
Der Weihnachtsbaum.
Und sie brannten alle, die vielen Lichter,
Aber noch heller strahlten am Tisch

(Es lässt sich wohl denken
Bei den vielen Geschenken)
Drei blühende, glühende
   Kindergesichter. –
Das war ein Geflimmer
Im Kerzenschimmer!
Es lag ein so lieblicher Duft in der Luft
Nach Nadelwald, Äpfeln und heißem
   Wachs.
Tatti, der dicke Dachs,
Schlief auf dem Sofa und stöhnte
   behaglich.
Er träumte lebhaft, wovon, war fraglich,
Aber ganz sicher war es indessen,
Er hatte sich schon (die Uhr war
   erst zehn)
Doch man musste 's gestehn,
Es war ja zu sehn,
Er hatte sich furchtbar überfressen. –
Im Schaukelstuhl lehnte der
   Herzenspapa
Auf dem nagelneuen Kissen und sah
Über ein Buch hinweg auf die liebe Mama,
Auf die Kinderfreude und auf den Baum.
Schade, nur schade,
Er bemerkte es kaum,

Wie schnurgerade
Die Bleisoldaten auf dem Baukasten
    standen
Und wie schnell die Pfefferkuchen
    verschwanden.
– Und die liebste Mama? – Sie saß am
    Klavier.
Es war so schön, was sie spielte und sang,
Ein Weihnachtslied, das zu Herzen drang.
Lautlos horchten die anderen Vier.
Der Kuckuck trat vor aus der
    Schwarzwälderuhr,
Als ob auch ihm die Weise gefiel. – –
Leise, ergreifend verhallte das Spiel.
Das Eis an den Fensterscheiben taute,
Und der Tannenbaum schaute
Durchs Fenster die Linde
Da draußen, kahl und beschneit
Mit ihrer geborstenen Rinde.
Da dachte er an verflossene Zeit
Und an eine andere Linde,
Die am Waldesrand einst neben ihm
    stand,
Sie hatten in guten und schlechten Tagen
Einander immer so lieb gehabt.
Dann wurde die Tanne abgeschlagen,

Zusammengebunden und fortgetragen.
Die Linde, die Freundin, die ließ man
  stehn.
Auf Wiedersehn! Auf Wiedersehn!
So hatte sie damals gewinkt noch zuletzt. –
Ja, daran dachte der Weihnachtsbaum jetzt,
Und keiner sah es, wie traurig dann
Ein Tröpfchen Harz, eine stille Träne,
Aus seinem Stamme zu Boden rann.

Das fremde Kind

Johann Peter Hebel

Durch den Schnee und durch die Tannen
des Schwarzwalds kommt abends am 5.
Dezember 1807 ein achtjähriges Mägdlein
halb barfuß, halb nackt vor das Häuslein
eines armen Taglöhners im Gebirg, und
gesellt sich, mir nichts, dir nichts zu den
Kindern des armen Mannes, die vor dem
Hause waren, und gaukelt mit ihnen,
geht mit ihnen, mir nichts, dir nichts in
die Stube, und denkt weiter nimmer ans
Fortgehen. Nicht anders als ein Schäflein,
das sich vor der Herde verlaufen hat, und
in der Wildnis herumirrt, wenn es wieder
zu seinesgleichen kommt, so hat es keinen
Kummer mehr.

Der Taglöhner fragt das Kind, wo es her-
komme. »Oben aben von Gutenberg.« –
»Wie heisst dein Vater?« – »Ich habe keinen Vater.« – »Wie heisst deine Mutter?« –
»Ich habe keine Mutter.« – »Wem gehörst
du denn sonst an?« – »Ich gehöre niemand
sonst an.« – Aus allem, was er fragte, war

nur so viel herauszubringen, dass das Kind von den Bettelleuten sei aufgelesen worden, dass es mehrere Jahre mit Bettlern und Gaunern sei herumgezogen, dass sie es zuletzt in St. Peter haben sitzen lassen, und dass es allein über St. Märgen gekommen sei, und jetzt da sei.

Als der Taglöhner mit den Seinigen zu Nacht aß, setzte sich das fremde Kind auch an den Tisch. Als es Zeit war zu schlafen, legte es sich auf die Ofenbank und schlief auch; so den anderen Tag, so den dritten. Denn der Mann dachte, ich kann das arme Kind nicht wieder in sein Elend hinausjagen, so schwer es mich ankommt, eins mehr zu füttern. Aber am dritten Tag sagte er zu seiner Frau: »Frau, ich will's doch auch dem Herrn Pfarrer anzeigen.«

Der Pfarrherr lobte die gute Denkungsart des armen Mannes, der Hausfreund auch; »Aber das Mägdlein«, sagte der Pfarrherr, »soll nicht das Brot mit Euern Kindern teilen, sonst werden die Stücklein zu klein. Ich will ihm einen Vater und eine Mutter suchen.« Also ging der Pfarrherr zu einem wohlhabenden und gutdenkenden Mann in seinem Kirchspiel, der selber wenig Kinder hat, und der Hausfreund weiß just nicht, wie er's dem Manne sagte: »Peter«, sagte er, »wollt Ihr ein Geschenk annehmen?« – »Nach dem's ist«, sagte der Mann. – »Es kommt von unserm lieben Herr Gott.« – »Wenn's von dem kommt, so ist's kein Fehler.« Also bot ihm der Pfarrherr das verlassene Mägdlein an, und erzählte ihm die Geschichte dazu, so und so. Der Mann sagte: »Ich will mit meiner Frau reden. Es wird nicht fehlen.«

Der Mann und die Frau nahmen das Kind mit Freuden auf. »Wenn's guttut«, sagte der Mann, »so will ich's erziehen, bis es sein Stücklein Brot selber verdienen kann. Wenn's nicht guttut, so will ich's wenigstens behalten bis im Frühjahr. Denn dem Winter darf man keine Kinder anvertrauen.« Jetzt hat er's schon viermal überwintert, und viermal übersommert auch. Denn das Kind tat gut, ist folgsam und dankbar und fleißig in der Schule, und Speise und Trank ist nicht der größte Gotteslohn, den das fromme Ehepaar an ihm ausübt, sondern die christliche Zucht, die väterliche Erziehung und die mütterliche Pflege. Wer das fremde Töchterlein unter den andern in der Schule sieht, sollt' es nicht erkennen, so gut sieht es aus, und so sauber ist es gekleidet.

So etwas tut dem Hausfreund wohl, und er könnte den braven Taglöhner und die braven Pflegeeltern des Kindes mit Namen nennen, wer sie sind und wie sie heißen. Aber über seinen Mund kommt's nicht.

2. Kapitel
WUNDER
DER WEIHNACHT

Krippen und Krippennarren

Leo Weismantel

Irgendwo in den Bergen, der Name des
Berges und der Name des treuen Alten,
der sich wohl nennen ließe, tut hier nichts
zur Sache, er ist durch das Jahr gestreunt,
so recht wie ein Krippennarr und hat seine Krippe durch seine ganze Stube gebaut
und die Steige hinauf bis unter das Dach.
Aber er war ein Schuster zugleich und saß
des Tages in seiner Werkstatt und nahe dem
Fenster und werkte an seinen Schuhen.
Aber dort im Schaufenster, wo ein tüchtiger
Geschäftsmann Schuhe ausgestellt hätte,
die die Kunstfertigkeit seiner Hände im
Schuhhandwerk gezeigt hätte, dass Stra-
ßengänger, die da vorübergegangen wären,
auf den Gedanken gekommen wären, hier
wohnt ein tüchtiger Schuster – da hat dieser Schuster, sintemal er kein tüchtiger
Geschäftsmann, sondern ein Krippennarr
war, seine Krippe ins Schaufenster gebaut,
dachte wohl daran, die Menschen, die
vorübergingen, hätten eine Freude daran.

Es war auch für ihn entzückend über alle Maßen, wenn er das Leder sohlte, sein Kripplein zu sehen und das Leder nach dem Text eines weihnachtlichen Liedes zu schlagen. Weil es ihm aber schlecht ging und er ein armer Tropf war, legte er durch den Fensterrahmen eine Röhre und stellte hinter die Röhre eine kleine Sparbüchse, und wer draußen vorüberging und das Krippenwunder sah, konnte sein Scherflein für die Krippe durch die kleine Röhre in die Sparbüchse werfen.

Nun, da ging mancher vorüber und warf von Mitleid und Freude bewegt etwas durch die Röhre, aber was durch die Röhre kam, das erkannte unser alter Freund schon an dem Klang, mit dem es auf dem Grund der Büchse ankam. Es war wohl nie ein Gulden, so weit war schon die Röhre nicht, das wäre ein Wunder gewesen, wer konnte auch auf solche Wohltaten hoffen. Aber zuweilen war es nicht einmal ein Kreuzer, sondern ein Hosenknopf, und wenn dann ein Hosenknopf in die Büchse gefallen war – auch dann sagte der alte Krippennarr sein freundliches »Vergelt's Gott« und legte den Hosenknopf dorthin an die Krippe, wo zugleich Gold, Weihrauch und Myrrhe der heiligen Drei Könige lagen, so dass alle, die vorübergingen, die Opfer sahen, die Opfer der Liebe, wie die des Schabernackes und der Bosheit.

Aber eines Tages ist doch das Wunder vorübergegangen in Gestalt eines leibhaftigen Königs, und wie der vor dem Fenster stand und das Krippenwunder unseres alten Freundes sah, griff er in die Tasche und benahm sich königlich. Er zog einen leibhaftigen Taler heraus, einen Marienthaler. Für den war die Opferröhre viel zu klein, und so wurde unser Freund denn zu dem König heraus auf die Straße gerufen, dort empfing er aus der Hand des Königs selbst die Opfergabe. Wem ist nun ein ähnlich märchenhaftes Glück geschehen wie diesem Alten?

Er hat den Taler des Königs nie angerührt sein Leben lang, denn der bezeugte etwas vom Schönsten, was er je in seinem Leben geträumt hatte.

Kapitel von meiner Geburt

Joseph von Eichendorff

Der Winter des Jahres 1788 war so streng, dass die Schindelnägel auf den Dächern krachten, die armen Vögel im Schlaf von den Bäumen fielen, und Rehe, Hasen und Wölfe ganz verwirrt bis in die Dörfer flüchteten. In einer Märznacht desselben Winters gewahrte man auf dem einsamen Landschloss zu L[ubowitz] ein wunderbares, geheimnisvolles Treiben und Durcheinanderrennen, treppauf, treppab, Lichter irrten und verschwanden an den Fenstern, aber alles still und lautlos, als schweiften Geister durch das alte Haus. Mein Vater ging in dem großen, von einer Wachskerze ungewiss beleuchteten Tafelzimmer auf und nieder, von Zeit zu Zeit horchte er bald in die Nebenstube, bald in den tiefverschneiten Hof hinaus; dann trat er unruhig ans Fenster, hauchte die prächtigen Eisblumen von den Scheiben und betrachtete den weiten gestirnten Himmel. Die *Konstellation* war überaus günstig.

Jupiter und Venus blinkten freundlich auf die weißen Dächer, der Mond stand im Zeichen der Jungfrau und musste jeden Augenblick kulminieren. Da schlug plötzlich ein Hund an tief unten im Dorf, drauf wieder einer, immer mehrere und näher, eine Peitsche knallte und Pferdegetrappel ließ sich im Hofe vernehmen. Endlich! – rief mein Vater, eilig vor die Haustür hinausstürzend. Eine auf Kufen gesetzte, festverschlossene, altmodische Karosse dunkelte aus dem dicken Dampf der Pferde, wie aus einem Zauberrauch, in welchem der Kutscher seine erstarrten Arme gleich Windmühlenflügeln hin und her bewegte. Bitte, Herr Doktor, – sagte mein Vater, selbst den Kutschenschlag öffnend – Sie sind wohl gar drin eingeschlafen? – Auf Ehre, ein klein wenig! war die Antwort, und aus dem Wagen erstaunlich fix sprang zu aller Verwunderung, anstatt des erwarteten Doktors, ein langer, schmaler Kerl, den niemand kannte, in einer ganz knappen, verschossenen Livrey, aus welcher beim hellen Mondschein sein Ellbogen glänzte, dass einem innerlich fror, wenn man ihn ansah. Mein Vater betrachtete ihn voller Erstaunen, der Fremde nahm schnell eine Handvoll Schnee und rieb sich damit die halberfrorne Nase, der Kutscher fluchte, der Schnee knirschte unter den Tritten, der Hofhund bellte – da wurde ich in der Stube neben dem Tafelzimmer geboren. Mein Vater, da er einen Kindsschrei hörte, blickte erschrocken nach dem Himmel: der Mond hatte soeben kulminiert!, um ein Haar wäre ich zur glücklichen Stunde geboren worden, ich kam gerade nur um anderthalb Minuten zu spät, und *zwar in der Konfusion mit den Füßen zuerst, man sagt, ich habe damit ein Entrechat gemacht.*

Alle Jahre wieder

Jörg Buchna

Es würde sein wie jedes Jahr. Er hatte sich im Laufe der Jahre daran gewöhnt − oder es doch zumindest versucht. Gewiss, da blieb die Erinnerung, dass diese Tage früher einmal ganz anders gewesen waren. Aber, mein Gott, was war früher nicht alles anders gewesen! Nein, er würde sich nicht diesen Gefühlsduseleien hingeben, die wie eine Plage ganze Heerscharen von Menschen regelmäßig in diesen Tagen des Jahres heimzusuchen schienen.

Er hatte sich nichts vorzuwerfen, dass alles so gekommen war, wie es jetzt war. Und selbst wenn − was würde es ändern? Er hatte sich damit abgefunden, so zu leben, wie er lebte. Mochten sich doch die Leute über ihn den Mund zerreißen. Ihm war das gleichgültig. Er fiel jedenfalls niemandem zur Last. Und das war ihm das Wichtigste. Nur kein Mitleid erwecken. Immer schon hatte er sich allein durchs Leben geschlagen. Und so sollte es auch bleiben.

Lächerlich geradezu diese Angebote, ihm helfen zu wollen. Er konnte sich doch wirklich noch selbst gut genug versorgen. Sicher, das Laufen fiel ihm zunehmend schwerer. Auch seine Vergesslichkeit nahm zu, wie er mit gewissem Erschrecken feststellen musste.

Aber das ging Tausenden von Menschen in seinem Alter ebenso. Ach was, Alter. Wenn er an den Schluppach dachte – der war so alt wie er. Und wie sah der aus! Da sah er ja mindestens zehn Jahre jünger aus. Von dem Kempmann ganz zu schweigen. Den konnte man ja kaum noch wiedererkennen. Was war das mal früher für ein gut aussehender Mann gewesen! Warum hatte der aber auch so viel saufen müssen? Gut, dem war auch die Frau weggestorben. Das ist natürlich keine leichte Sache, so etwas. Aber deswegen musste man doch nicht zu saufen anfangen. Hatte er selbst ja auch nicht getan.

War das nun die Wohnungsklingel, die da läutete – oder das Telefon? Sein Gehör war eigentlich noch recht gut. Aber man konnte das wirklich schlecht unterscheiden. Das war zwar ärgerlich. Aber so häufig kam das nun auch nicht vor, als dass es sich gelohnt hätte, da Abhilfe zu schaffen. Wer wollte denn schon noch etwas von ihm?

Es war doch die Wohnungstür. Sollte er überhaupt aufmachen? Vielleicht war das wieder die Frau Saalhofer mit ihrer Spendendose. Die ging ihm mit ihrem Gequatsche furchtbar auf die Nerven. Darum gab er ihr lieber gleich immer ein paar Mark. Sozusagen als Schweigegeld – denn dann war er sie los.

Aber was, wenn die Mahnkesche jetzt vor der Tür stand? Nicht auszudenken. Die wollte ihn immer bekehren. Ausgerechnet die! Ausgerechnet ihn! Was wusste die denn vom Leben! Die kannte doch nur die Sonnenseiten. Und die wollte ihm was von Gott erzählen. Na ja, jetzt, so kurz vor Weihnachten, schien ihr wohl die richtige Zeit dafür zu sein. Aber nicht mit ihm.

Er brauchte sich von dieser Schön-Wetter-Maid nichts über den Glauben erzählen zu lassen. Er nicht! Sollte sie ruhig weiterklingeln, die Mahnkesche. Eigentlich eine

Unverschämtheit, einen anderen Menschen so zu belästigen. Jetzt fing die doch sogar noch an, gegen die Tür zu pochen. Das grenzte ja schon an Hausfriedensbruch, einen so zu bedrängen. So weit war sie bisher noch nie gegangen. Passte im Grunde auch gar nicht zur Mahnkeschen mit ihrer sanften Tour.

Allmählich ging ihm dies Geklingel und Gepoche doch auf den Geist! Eigentlich sollte man bei so was die Polizei holen. Aber das brachte auch nur wieder Unannehmlichkeiten.

Rief da jetzt nicht jemand? Er stand auf, was ihm sehr, sehr schwerfiel. Er ging, nein er schleppte sich, wobei er sich an den Möbeln abstützte, in den Flur. Tatsächlich, da rief jemand seinen Namen. Jetzt schon wieder! Nein, sein Name war das ja eigentlich gar nicht. Es war mehr so eine Art Kosename gewesen.

Aber wie lange war das her, dass er diesen Namen zum letzten Mal gehört hatte? Und wie viel andere, schlimme, verletzende Worte hatte er aus diesem Mund, der ihn da jetzt rief, nicht inzwischen hören müssen! Gewiss, auch er selbst war keine Antwort schuldig geblieben. »Ich komm ja schon«, hörte er sich wie einen Fremden sagen.

Als er die Tür geöffnet hatte, wünschte ein kleines Kind, das er noch nie zuvor gesehen hatte, mit schüchterner Stimme »Frohe Weihnacht, Opa«. Und eine Frau, der er eigentlich nie mehr begegnen wollte, schob jetzt den kleinen Enkel zu ihm hin.

»Kommt herein«, sagte er leise und nahm dabei das Kind auf seinen Arm, »ihr habt lange genug draußen gestanden.«

Die Geschichte
vom Weihnachtslicht

Rolf Krenzer

Als die Engel den Hirten verkündet hatten, dass im Stall von Betlehem der König der Welt geboren worden war, da suchte jeder nach einem passenden Geschenk, das er dem Kind in der Krippe mitbringen wollte. Die Hirten liefen auseinander, verabredeten sich aber, dass sie sich nach kurzer Zeit treffen wollten, um gemeinsam zum Stall zu gehen, das Kind anzubeten und ihre Geschenke zu überbringen.

»Ich bringe ein Schäfchen mit!«, meinte der eine.

»Ich eine Kanne voll frischer Milch!«, sagte ein anderer.

»Und ich eine warme Decke!«, rief ein dritter.

Unter den Hirten war aber auch ein Hirtenknabe. Der war bettelarm und hatte nichts, was er dem Kind schenken konnte. Traurig lief er zum Schafstall und suchte in dem winzigen Eckchen, das ihm gehörte, nach etwas, was er vielleicht doch mitbringen konnte. Aber da war nichts, was auch nur den Anschein eines Geschenkes hatte. In seiner Not zündete der Hirtenknabe eine kleine Kerze an und suchte in jeder Ritze und in jeder Ecke. Doch alles Suchen war umsonst.

Da setzte er sich endlich mitten auf den Fußboden und war so traurig, dass ihm die Tränen an den Backen hinunterliefen. So bemerkte er auch nicht, dass ein anderer Hirte in den Stall gekommen war und vor ihm stehen blieb. Er erschrak richtig, als ihn der Hirte ansprach:

»Da bringen wir dem König der Welt alle möglichen Geschenke. Ich glaube aber, dass du das allerschönste Geschenk hast!« Erstaunt blickte ihn der Hirtenknabe mit verweinten Augen an. „Ich habe doch gar nichts!«, sagte er leise.

Da lachte der Hirte und meinte: »Schaut euch diesen Knirps an! Da hält er in seiner Hand eine leuchtende Kerze und meint, er habe gar nichts!«

»Soll ich dem Kind vielleicht die kleine Kerze schenken?«, fragte der Hirtenknabe aufgeregt.

»Ja!«, antwortete der Hirte. »Sie ist hell und macht warm.«

Da stand der Hirtenknabe auf, legte seine Hand schützend vor die kleine Flamme und machte sich mit dem Hirten auf den Weg. Als die Hirten mit ihren Geschenken den Stall erreichten, war es dort kalt und dunkel.

Als aber der Hirtenknabe mit seiner kleinen Kerze den Stall betrat, da breitete sich ein Leuchten und eine Wärme aus, und alle konnten Maria und Josef und das Kind in der Krippe sehen. So knieten die Hirten vor der Krippe und beteten den Herrn der Welt an, das kleine Kind mit Namen Jesus. Danach übergaben sie ihre Geschenke. Der Hirtenknabe aber stellte seine Kerze ganz nah an die Krippe, und er konnte deutlich das Leuchten in Marias und Josefs Augen sehn.

»Das kleine Licht ist das allerschönste Geschenk!«, sagten die Hirten leise.

Und alle freuten sich an dem schönen Weihnachtslicht, das sogar den armseligen Stall warm und gemütlich machte. Der Hirtenknabe aber spürte, wie in ihm

selbst eine Wärme aufstieg, die ihn immer glücklicher machte. Und wieder
musste er weinen. Jetzt weinte er aber,
weil er sich so glücklich fühlte.

Bis zum heutigen Tag zünden die Menschen vor Weihnachten Kerzen an, weil sie
alle auf Weihnachten warten und ihnen
das kleine Licht immer wieder Freude
und Geborgenheit schenkt.

Zu Weihnachten

Hermann Hesse

Im Leben des Durchschnittsmenschen
unserer Zeit ist das Begehen der paar all-
gemein gefeierten hohen Festtage eigentlich das einzige Zugeständnis ans
Ideale. Er begeht die Neujahrsfeier mit
einem Kopfschütteln oder sentimentalen
Seufzer über die Vergänglichkeit des Lebens, die schnelle Flucht der Zeit, er feiert
Ostern und Pfingsten als Feste des Früh-
lings- und Neuwerdens, Allerseelen mit
einem Gräberbesuch. Und Weihnacht feiert er, indem er sich einen oder ein paar
Ruhetage gönnt, der Frau ein neues Kleid
und den Kindern ein paar Spielsachen
schenkt. Mancher hat auch eine vorü-
bergehende, resignierte Freude am Jubel
der Kleinen; er betrachtet den glänzen-
den Christbaum mit halb wehmütiger
Erinnerung an die eigene Kinderzeit und
denkt beim Anblick seiner beschenkten
und fröhlichen Kinder: Ja, freut euch nur
und genießt es, bald genug wird das Le-

ben euch die Freude und Unschuld nehmen.

Er fragt nicht: Ja, warum denn eigent-
lich? Warum scheint es mir selbstver-
ständlich, dass »das Leben« eine böse
Macht ist, die aus dem Kinderlande in
Schuld, Enttäuschung und ungeliebte
Arbeit führt? Warum soll Freude und
Unschuld diesem »Leben« notwendig zum
Opfer fallen?

An dem Tage aber, wo er wirklich so fragt,
hat er aufgehört, ein Durchschnitts-
mensch zu sein und hat den ersten Schritt
zu einem neuen Leben getan. Und wenn
er diesen Weg weiter geht, so wird ihm
künftig jeder Tag seines Lebens wertvoller,
inhaltreicher und bedeutender sein, als es
ihm früher alle Festtage mit ihrem ver-
gänglichen Schimmer und ihrem halb-
wahren bisschen Nachdenklichkeit gewesen sind. Er wird einsehen, dass es nicht
»das Leben« war, das ihm Unschuld, Freude und Ideale genommen hat, und dass es
unrecht und lächerlich war, das Lehen
dafür anzuklagen. Denn er war es selber,
der sich betrog.

Denn es gibt keine »Notwendigkeit« und keinen »Zug der Zeit«, der den einzelnen nötigen könnte, materielle Güter den geistigen, vergängliche den unvergänglichen vorzuziehen. Wer diese entscheidende Wahl getan hat, darf niemand als sich selbst dafür verantwortlich machen.

»Ach was«, entgegnet ihr, »unsere Zeit ist nun eben nicht ideal und wir können sie und uns nicht anders machen.«

Ja, das ist eben die alte Phrase, die einer dem anderen nachschwatzt und die jeder meint, glauben zu müssen. Unsere Zeit sei nicht ideal! Warum nicht? Weil der Gelderwerb auffallender, rücksichtsloser und geschmackloser betrieben wird als früher? Aber es ist die Frage, wie man später einmal unsere Zeit beurteilen wird. Ich glaube sehr, man wird nicht sagen: es war die Zeit, da die Kohlen teurer waren, die Zeit, da der Druckknopf und die Wellenbadschaukel erfunden wurden, die Zeit der letzten Postwagen und der ersten Elektrischen. Sondern ich glaube, weit eher wird man sagen: es war die Zeit vieler Dichter, die Zeit vieler und starker religiöser Bewegungen. Das alles, was euch beute als ein angenehmer Zeitvertreib und Luxus erscheint, ja, was viele von euch schlechthin Narrheit und Schwärmerei nennen, das wird überbleiben und existieren und Wert und Geltung haben, wenn euer ganzer bitterer, ernsthafter Krieg um den Geldsack längst, längst vergessen ist.

Kennt ihr nicht Weihnachten, das Fest der Liebe? Das Fest der Freude? Anerkennt ihr die Liebe und die Freude also nicht als hohe Mächte, denen ihr besondere, heilige, vom Staat geschützte Festtage feiert? Aber wie sieht es denn bei uns mit der Liebe und mit der Freude aus? Um ein paar Tage oder höchstens Wochen im Jahr ein bisschen Freude zu haben, bringt ihr dreiviertel eures Lebens im Staub und Schweiß einer freudlosen Arbeit zu, die nicht adelt, sondern niederdrückt. Und wenn ihr dessen müde seid und ein Hunger nach Licht und Freude euch ergreift, so haben die allermeisten von euch sie nicht in sich selber zu holen, sondern müssen sie kaufen – im Theater, im Tingeltangel, in der Kneipe. Und wie steht es mit der Liebe? Der Mann, der zehn bis zwölf Stunden für den Gelderwerb, zwei bis vier für Kneipe oder anderes Vergnügen opfert, hat für Frau und Kinder, Brüder und Schwestern nur Augenblicke übrig.

Es ist ein merkwürdiges, doch einfaches Geheimnis der Lebensweisheit aller Zeiten, dass jede kleinste selbstlose Hingabe, jede Teilnahme, jede Liebe uns reicher macht, während jede Bemühung um Besitz und Macht uns Kräfte raubt und ärmer werden lässt. Das haben die Inder gewusst und gelehrt, und dann die weisen Griechen, und dann Jesus, dessen Fest wir jetzt feiern, und seither noch Tausende von Weisen und Dichtern, deren Werke die Zeiten überdauern, während Reiche und Könige ihrer Zeit verschollen und vergangen sind. Ihr mögt es mit Jesus halten oder mit Plato, mit Schiller oder mit Spinoza, überall ist das die letzte Weisheit, dass weder Macht noch Besitz noch Erkenntnis selig macht, sondern allein die Liebe. Jedes Selbstlossein, jeder Verzicht aus Liebe, jedes tätige Mitleid, jede Selbstent-

äußerung scheint ein Weggeben, ein Sich-
berauben, und ist doch ein Reicherwerden
und Größerwerden, und ist doch der einzige Weg, der vorwärts und aufwärts führt.
Es ist ein altes Lied und ich bin ein
schlechter Sänger und Prediger, aber
Wahrheiten veralten nicht und sind stets
und überall wahr, ob sie nun in einer
Wüste gepredigt, in einem Gedicht gesun-
gen oder in einer Zeitung gedruckt werden.

Es ist etwas geschehen

Hans Orths

Die Nacht war kalt und der Himmel, wie
weicher, dunkelblauer Samt glänzend, war
von vielen Sternen übersäht. Es war ziemlich still hier draußen auf den Hügeln,
nur hin und wieder blökte eines der
Schafe oder Lämmer auf. – Elija rückte
näher an das kleine Feuer heran, dessen
rot-gelbe Flammen eine wohltuende
Wärme verbreiteten. Neben ihm saß Laban, der alte Schafhirte, den er irgendwie
gern hatte und mit dem er sich gut verstand. Ihm gegenüber saß Joshua, der
beste Hirte des Gebietes. Um sein braunes,
zerfurchtes, markantes Gesicht war das
weiße Kopftuch gebunden, er saß mit ge-
kreuzten Beinen auf der Erde und starrte
schweigend in die leicht zitternden Flammen. Sie waren überhaupt ziemlich
schweigsam an diesem Abend, auch von
den anderen Lagerfeuern drangen fast
keine Geräusche bis zu ihnen. – Elija
schaute manchmal zu Joshua hinüber, den

er auf eine Art bewunderte wegen seines vielseitigen Könnens, vor dem er aber auf der anderen Seite ein wenig Angst hatte. Joshua mochte ihn nicht gut leiden. Seit etwa einem halben Jahr durfte Elija als Hirtenjunge ab und zu Nachtwache bei den Herden halten. Und damals, gleich zu Anfang, hatte er Joshua einen Streich gespielt. Es war ein kleiner, harmloser Streich gewesen, Gott ja, Elija war ein Junge, welcher Junge ist nicht schon mal zu Späßen oder Streichen aufgelegt, aber Joshua hatte diesen Streich nicht vertragen können. Irgendwie hielt er sich von Elija zurück, ließ ihn spüren, dass er noch ein kleiner Junge war, mit dem man nicht viel anfangen konnte. − Joshua saß in seinen Gedanken versunken vor dem Feuer, er blickte Elija nicht an. Plötzlich stand Elija auf. Etwas stimmte nicht mit der Herde. Sie wurde auf einmal unruhig, war mehr in Bewegung, das Blöken wurde intensiver und lauter. Langsam ging er durch die Reihen der Tiere, streichelte hier und da einem Schaf beruhigend über den Kopf oder das weiche Fell.

Dann schrie Elija plötzlich auf, hielt beide Arme vor das Gesicht und warf sich auf den Boden. Nach zehn oder fünfzehn Sekunden blickte er vorsichtig durch die Arme hoch. Ein unendlich helles Leuchten war in der Luft. Der dunkle Himmel war in gleißendes Licht getaucht, so was hatte er noch nie gesehen. Dann sah er eine große, weiße Gestalt und hörte die Worte: »Fürchtet Euch nicht! Denn seht, ich verkünde Euch eine große Freude, die allem Volk zuteil werden wird. Denn heute ist Euch in der Stadt Davids der Heiland geboren, welcher ist Christus der Herr! Und dies soll Euch zum Zeichen sein: Ihr werdet ein Kind finden, in Windeln eingewickelt und in einer Krippe liegend.« Dann waren bei der hellen Gestalt eine große Zahl heller Gestalten, er hörte einen gewaltigen Chor von Stimmen, die riefen: »Ehre sei Gott in der Höhe, und Frieden auf Erden den Menschen seiner Huld!« Plötzlich kamen von den anderen Feuern Hirten auf sie zu. Sie trugen Fackeln und Laternen in den Händen. Alle waren zuerst ratlos und redeten wild durcheinander, dann sagte Joshua: »Wir wollen aufbrechen und zum Stall nach Betlehem gehen. Lasst uns unseren neuen König suchen und ihn anbeten. Wir können nicht alle gehen, bei jedem Feuer bleibt einer zurück. Jede Gruppe möge diesen Hirten jetzt bestimmen, die anderen folgen mir nach Betlehem.« – Er drehte sich um und schaute Elija voll ins Gesicht: »Für unsere Gruppe bleibt Elija bei den Schafen.« – »Ich will auch das Kind sehen!«, rief Elija, »immer muss ich zurückstehen!« – »Ich habe meine Entscheidung getroffen«, sagte Joshua, »und dabei bleibt es.« – Eine unendliche Traurigkeit befiel Elija. Es musste etwas Seltsames, Schönes, Großartiges sein, das er nicht sehen durfte; er kannte das Kind nicht, das da in einer Krippe in einem armseligen Stall geboren war und das ihr neuer König sein sollte, aber er spürte irgendwie, dass er etwas ganz Besonderes verpassen würde …

Die Hirten brachen auf. Es wurde wieder ruhig, und Elija machte seinen Rundgang um die Herde. Dann setzte er sich ans Feuer, legte sich eine wärmende Decke über die Schultern und starrte in den gelben Sand. Einsam fühlte er sich. Einsam und kalt und allein gelassen. Ein paar Mal war er versucht, aufzuspringen und ihnen einfach nachzulaufen, was sollte schon groß mit der Herde geschehen? Aber dann siegte sein Verantwortungsbewusstsein, traurig zwar, aber doch wachsam hielt er seine Schafe im Auge.

Dann, nach einer ihm endlos erscheinenden Zeit, kamen die Hirten zurück. Ein Leuchten war in ihren Gesichtern, ein Strahlen und glückliches Lachen. Und dann geschah das Unbegreifliche: Als letzter kam Joshua. Auch in seinem Gesicht war dieses leuchtende Strahlen. Er ging direkt auf Elija zu. »Elija«, sagte er und streckte ihm beide Hände entgegen, »es ist etwas geschehen. Wir waren in Betlehem. In dem alten, verfallenen Stall. Wir haben ein Kind gesehen. Ein Kind, das unser neuer König ist: Christus der Herr! Wir armen Hirten waren die ersten, die das Kind gesehen haben. Begreifst du das? Es ist etwas geschehen. Mit uns allen ist etwas geschehen, ich spüre es ganz deutlich.

Komm, Elija, wenn du willst, werde ich ab
jetzt dein Freund und Bruder sein. So wie
du es mit Laban bist. Willst du?«
Elija starrte ihn immerzu an, er begriff
zuerst nicht, dann aber legte er seinen
Kopf an Joshuas Hände und rief:
»Ich will! Ich will! Natürlich will ich!«
»Und morgen früh«, sagte Joshua, »wenn
du willst, werden wir zu dem Kind gehen,
du und ich, wir beide allein.«
»Ooooooh ja!«, rief Elija, er nahm seinen
langen Hirtenstab und warf ihn hoch in
die Luft, lief dann den kleinen Hügel
hinauf und lachte. Er hatte beide Arme
hochgereckt und bewegte sich hin und
her, immer hin und her. Er lief auf den
tiefblauen Himmel zu mit den unzähli-
gen Sternen darin und griff danach, als
wolle er sie herunterholen, und er fühlte
den kühlen Sand an seinen Füßen, der
ihm jetzt weich und wohlig und irrsinnig
wärmend vorkam. Er drehte den Kopf im
Laufen zur Seite und ihm war, als liefen
alle Sterne mit. Er lief und lief und wirbel-
te die Arme nach vorn und zur Seite und
das Leuchten blieb in seinem Gesicht …

Er fühlte sich frei und froh und glücklich
wie nie zuvor in seinem kleinen, armen
Leben.

Vom Geben

Khalil Gibran

Dann sagte ein reicher Mann: Sprich uns vom Geben. Und er antwortet: Ihr gebt nur wenig, wenn ihr von eurem Besitz gebt. Erst wenn ihr von euch selber gebt, gebt ihr wahrhaft. Denn was ist euer Besitz anders als etwas, das ihr bewahrt und bewacht aus Angst, dass ihr es morgen brauchen könntet? Und morgen, was wird das Morgen dem übervorsichtigen Hund bringen, der Knochen im spurlosen Sand vergräbt, wenn er den Pilgern zur heiligen Stadt folgt? Und was ist die Angst vor der Not anderes als Not? Ist nicht Angst vor Durst, wenn der Brunnen voll ist, der Durst, der unlöschbar ist?

Es gibt jene, die von dem vielen, das sie haben, wenig geben – und sie geben um der Anerkennung willen, und ihr verdorbener Wunsch verdirbt ihre Gaben. Und es gibt jene, die wenig haben und alles geben. Das sind die, die an das Leben und die Fülle des Lebens glauben, und ihr Beutel ist nie leer. Es gibt jene, die mit Freude geben, und die Freude ist ihr Lohn. Und es gibt jene, die mit Schmerzen geben, und der Schmerz ist ihre Taufe. Und es gibt jene, die geben und keinen Schmerz beim Geben kennen: weder suchen sie Freude dabei, noch geben sie um der Tugend willen; sie geben, wie im Tal dort drüben die Myrte ihren Duft verströmt. Durch ihre Hände spricht Gott, und aus ihren Augen lächelt Er auf die Erde.

Es ist gut zu geben, wenn man gebeten wird, aber besser ist es, wenn man ungebeten gibt, aus Verständnis; und für die Freigebigen ist die Sucht nach einem, der empfangen soll, eine größere Freude als das Geben. Und gibt es etwas, das ihr zurückhalten werdet? Alles, was ihr habt, wird eines Tages gegeben werden; daher gebt jetzt, dass die Zeit des Gebens eure ist und nicht die eurer Erben.

(Ihr sagt oft: ich würde geben, aber nur dem, der es verdient? Die Bäume in eurem Obstgarten reden nicht so, und auch nicht die Herden auf euren Weiden. Sie geben, damit sie leben dürfen, denn zurückhalten heißt zugrunde gehen. Sicher ist der, der würdig ist, seine Tage und Nächte zu erhalten, auch alles anderen von euch würdig. Und der, der verdient hat, vom Meer des Lebens zu trinken, verdient auch, seinen Becher aus eurem Bach zu füllen. Und welches Verdienst wäre größer als der Mut und das Vertrauen, ja auch die Nächstenliebe, die im Empfangen liegt? Und wer seid ihr, dass die Menschen sich die Brust zerreißen und ihren Stolz entschleiern sollten, damit ihr ihren Wert nackt und ihren Stolz entblößt seht? Seht erst zu, dass ihr selber verdient, ein Gebender und ein Werkzeug des Gebens zu sein. Denn in Wahrheit ist es das Leben, das dem Leben gibt – während ihr, die ihr euch als Gebende fühlt, nichts anderes seid als Zeugen. Und ihr, die ihr empfangt – und ihr seid alle Empfangende – bürdet euch nicht die Last der Dankbarkeit auf, damit ihr nicht euch und dem gebenden ein Joch auferlegt. Steigt lieber zusammen mit dem Gebenden auf seinen Gaben empor wie auf Flügeln; denn seid ihr euch eurer Schuld zu sehr bewusst, heißt das,

die Freigebigkeit desjenigen zu bezweifeln,
der die großherzige Erde zur Mutter und
Gott zum Vater hat.)

Die Heilige Nacht

Selma Lagerlöf

Als ich fünf Jahre alt war, hatte ich einen
großen Kummer. Ich weiß kaum, ob ich
seitdem einen größeren gehabt habe. Das
war, als meine Großmutter starb. Bis dahin hatte sie jeden Tag auf dem Ecksofa in
ihrer Stube gesessen und Märchen erzählt.
Ich weiß es nicht anders, als dass Großmutter dasaß und erzählte, vom Morgen
bis zum Abend, und wir Kinder saßen still
neben ihr und hörten zu. Das war ein
herrliches Leben. Es gab keine Kinder,
denen es so gut ging wie uns.

Ich erinnere mich nicht an sehr viel von
meiner Großmutter. Ich erinnere mich,
dass sie schönes, kreideweißes Haar hatte
und dass sie sehr gebückt ging und dass
sie immer dasaß und an einem Strumpf
strickte.

Dann erinnere ich mich auch, dass sie,
wenn sie ein Märchen erzählt hatte, ihre
Hand auf meinen Kopf zu legen pflegte,
und dann sagte sie: »Und das alles ist so

wahr, wie dass ich dich sehe und du mich siehst.«

Ich entsinne mich auch, dass sie schöne Lieder singen konnte, aber das tat sie nicht alle Tage. Eines dieser Lieder handelte von einem Ritter und einer Meerjungfrau und es hatte den Kehrreim: »Es weht so kalt, es weht so kalt, wohl über die weite See.«

Dann entsinne ich mich eines kleinen Gebets, das sie mich lehrte, und eines Psalmverses.

Von allen den Geschichten, die sie mir erzählte, habe ich nur eine schwache, unklare Erinnerung. Nur an eine einzige von ihnen erinnere ich mich so gut, dass ich sie erzählen könnte. Es ist eine kleine Geschichte von Jesu Geburt.

Seht, das ist beinahe alles, was ich noch von meiner Großmutter weiß, außer dem, woran ich mich am besten erinnere, nämlich an den großen Schmerz, als sie dahinging.

Ich erinnere mich an den Morgen, an dem das Ecksofa leer stand und es unmöglich war zu begreifen, wie die Stunden des Tages zu Ende gehen sollten. Daran erinnere ich mich. Das vergesse ich nie.

Und ich erinnere mich, dass wir Kinder hingeführt wurden, um die Hand der Toten zu küssen. Und wir hatten Angst, es zu tun, aber da sagte uns jemand, dass wir nun zum letzten Mal Großmutter für alle die Freude danken könnten, die sie uns gebracht hatte. Und ich erinnere mich, wie Märchen und Lieder vom Hause wegfuhren, in einen langen schwarzen Sarg gepackt, und niemals wiederkamen.

Ich erinnere mich, dass etwas aus dem Leben verschwunden war. Es war, als hätte sich die Tür zu einer ganzen schönen, verzauberten Welt geschlossen, in der wir früher frei aus und ein gehen durften. Und nun gab es niemand mehr, der sich darauf verstand, diese Tür zu öffnen.

Und ich erinnere mich, dass wir Kinder so allmählich lernten, mit Spielzeug und Puppen zu spielen und zu leben wie andere Kinder auch, und da konnte es ja den Anschein haben, als vermissten wir Großmutter nicht mehr, als erinnerten wir uns nicht mehr an sie. Aber noch heute, nach vierzig Jahren, wie ich dasitze und die Legenden über Christus sammle, die ich drüben im Morgenland gehört habe, wacht die kleine Geschichte von Jesu Geburt, die meine Großmutter zu erzählen pflegte, in mir auf. Und ich bekomme Lust, sie noch einmal zu erzählen und sie auch in meine Sammlung mit aufzunehmen.

Es war an einem Weihnachtstag, alle waren zur Kirche gefahren, außer Großmutter und mir. Ich glaube, wir beide waren im ganzen Hause allein. Wir hatten nicht mitfahren können, weil die eine zu jung und die andere zu alt war. Und alle beide waren wir betrübt, dass wir nicht zum Mettegesang fahren und die Weihnachtslichter sehen konnten.

Aber wie wir so in unserer Einsamkeit saßen, fing Großmutter zu erzählen an.

»Es war einmal ein Mann«, sagte sie, »der in die dunkle Nacht hinausging, um sich Feuer zu leihen. Er ging von Haus zu Haus und klopfte an. ›Ihr lieben Leute, helft mir!‹, sagte er. ›Mein Weib hat eben ein Kindlein geboren, und ich muss Feuer anzünden, um es und den Kleinen zu erwärmen!‹ Aber es war tiefe Nacht, so dass alle Menschen schliefen, und niemand antwortete ihm. Der Mann ging und ging. Endlich erblickte er in weiter Ferne einen Feuerschein. Da wanderte er dieser Richtung zu und sah, dass das Feuer im Freien brannte. Eine Menge weißer Schafe lag rings um das Feuer und schlief und ein alter Hirt wachte über der Herde. Als der Mann, der Feuer leihen wollte, zu den Schafen kam, sah er, dass drei große Hunde zu Füßen des Hirten ruhten und schliefen. Sie erwachten alle drei bei seinem Kommen und sperrten ihre weiten Rachen auf, als ob sie bellen wollten, aber man vernahm keinen Laut. Der Mann sah, dass sich die Haare auf ihrem Rücken sträubten, er sah, wie ihre scharfen Zähne funkelnd weiß im Feuerschein leuchteten, und wie sie auf ihn losstürzten. Er fühlte, dass einer nach seiner Hand schnappte und dass einer sich an seine Kehle hängte. Aber die Kinnladen und die Zähne, mit denen die Hunde beißen wollten, gehorchten ihnen nicht, und der Mann litt nicht den kleinsten Schaden. Nun wollte der Mann weitergehen, um das zu finden, was er brauchte. Aber die Schafe lagen so dicht nebeneinander, Rücken an Rücken, dass er nicht vorwärts kommen konnte. Da stieg der Mann auf die Rücken der Tiere und wanderte über sie hin dem Feuer zu. Und keins von den Tieren wachte auf oder regte sich.« So weit hatte Großmutter ungestört erzählen können, aber nun konnte ich es nicht lassen, sie zu unterbrechen. »Warum regten sie sich nicht, Großmutter?«, fragte ich. »Das wirst du nach einem Weilchen schon erfahren«, sagte Großmutter und fuhr mit ihrer Geschichte fort. »Als der Mann fast beim Feuer angelangt war, sah der Hirt auf. Es war ein alter, mürrischer Mann, der unwirsch und hart gegen alle Menschen war. Und als er einen Fremden kommen sah, griff er nach seinem langen, spitzigen Stabe, den er in der Hand zu halten pflegte, wenn er seine Herde hütete, und warf ihn nach ihm. Und der Stab fuhr zischend gerade auf den Mann los, aber ehe er ihn traf, wich er zur Seite und sauste, an ihm vorbei, weit über das Feld.« Als Großmutter so weit gekommen war, unterbrach ich sie abermals. »Großmutter, warum wollte der Stock den Mann nicht schlagen?« Aber Großmutter ließ es sich nicht einfallen, mir zu antworten, sondern fuhr mit ihrer Erzählung fort. »Nun kam der Mann zu dem Hirten und sagte zu ihm: ›Guter Freund, hilf mir und leih mir ein wenig Feuer. Mein Weib hat eben ein Kindlein geboren, und ich muss Feuer machen, um es und den Kleinen zu erwärmen.‹ Der Hirt hätte am liebsten nein gesagt, aber als er daran dachte, dass die Hunde dem Manne nicht hatten schaden können, dass die Schafe nicht vor ihm davongelaufen waren und dass sein Stab ihn nicht fällen wollte, da wurde ihm ein wenig bange, und er wagte es nicht, dem Fremden das abzuschlagen, was er begehrte. ›Nimm, so viel du brauchst‹, sagte er zu dem Manne.

Aber das Feuer war beinahe ausgebrannt. Es waren keine Scheite und Zweige mehr übrig, sondern nur ein großer Gluthaufen, und der Fremde hatte weder Schaufel noch Eimer, worin er die roten Kohlen hätte tragen können. Als der Hirt dies sah, sagte er abermals: ›Nimm, so viel du brauchst!‹ Und er freute sich, dass der Mann kein Feuer wegtragen konnte. Aber der Mann beugte sich hinunter, holte die Kohlen mit bloßen Händen aus der Asche und legte sie in seinen Mantel. Und weder versengten die Kohlen seine Hände, als er sie berührte, noch versengten sie seinen Mantel, sondern der Mann trug sie fort, als wenn es Nüsse oder Apfel gewesen wären.« Aber hier wurde die Märchenerzählerin zum dritten Mal unterbrochen. »Großmutter, warum wollte die Kohle den Mann nicht brennen?« »Das wirst du schon hören«, sagte Großmutter, und dann erzählte sie weiter. »Als dieser Hirt, der ein so böser, mürrischer Mann war, dies alles sah, begann er sich bei sich selbst zu wundern: Was kann dies für eine Nacht sein, wo die Hunde nicht beißen, die Schafe nicht erschrecken, die Lanze nicht tötet und das Feuer nicht brennt? Er rief den Fremden zurück und sagte zu ihm: ›Was ist dies für eine Nacht? Und woher kommt es, dass alle Dinge dir Barmherzigkeit zeigen?‹ Da sagte der Mann: ›Ich kann es dir nicht sagen, wenn du selber es nicht siehst.‹ Und er wollte seiner Wege gehen, um bald ein Feuer anzünden und Weib und Kind wärmen zu können.

Aber da dachte der Hirt, er wolle den Mann nicht ganz aus dem Gesicht verlieren, bevor er erfahren hätte, was dies alles bedeute.

Er stand auf und ging ihm nach, bis er dorthin kam, wo der Fremde daheim war. Da sah der Hirt, dass der Mann nicht einmal eine Hütte hatte, um darin zu wohnen, sondern er hatte sein Weib und sein Kind in einer Berggrotte liegen, wo es nichts gab als nackte, kalte Steinwände.

Aber der Hirt dachte, dass das arme unschuldige Kindlein vielleicht dort in der Grotte erfrieren würde, und obgleich er ein harter Mann war, wurde er davon doch ergriffen und beschloss, dem Kinde zu helfen. Und er löste sein Ränzel von der Schulter und nahm daraus ein weiches, weißes Schaffell hervor. Das gab er dem fremden Manne und sagte, er möge das Kind daraufbetten.

Aber in demselben Augenblick, in dem er

zeigte, dass auch er barmherzig sein konnte, wurden ihm die Augen geöffnet, und er sah, was er vorher nicht hatte sehen, und hörte, was er vorher nicht hatte hören können. Er sah, dass rund um ihn ein dichter Kreis von kleinen, silberbeflügelten Englein stand. Und jedes von ihnen hielt ein Saitenspiel in der Hand, und alle sangen sie mit lauter Stimme, dass in dieser Nacht der Heiland geboren wäre, der die Welt von ihren Sünden erlösen solle.

Da begriff er, warum in dieser Nacht alle Dinge so froh waren, dass sie niemand etwas zu Leide tun wollten. Und nicht nur rings um den Hirten waren Engel, sondern er sah sie überall. Sie saßen in der Grotte und sie saßen auf dem Berge und sie flogen unter dem Himmel. Sie kamen in großen Scharen über den Weg gegangen, und wie sie vorbeikamen, blieben sie stehen und warfen einen Blick auf das Kind. Es herrschte eitel Jubel und Freude und Singen und Spiel, und das alles sah er in der dunklen Nacht, in der er früher nichts zu gewahren vermocht hatte. Und er wurde so froh, dass seine Augen geöffnet waren, dass er auf die Knie fiel und Gott dankte.«

Aber als Großmutter so weit gekommen war, seufzte sie und sagte: »Aber was der Hirte sah, das könnten wir auch sehen, denn die Engel fliegen in jeder Weihnachtsnacht unter dem Himmel, wenn wir sie nur zu gewahren vermögen.«

Und dann legte Großmutter ihre Hand auf meinen Kopf und sagte: »Dies sollst du dir merken, denn es ist so wahr, wie dass ich dich sehe und du mich siehst. Nicht auf Lichter und Lampen kommt es an, und es liegt nicht an Mond und Sonne, sondern was Not tut, ist, dass wir Augen haben, die Gottes Herrlichkeit sehen können.«

Weihnachten im Bett

Christoph Maas

Die freundliche Bäckereiverkäuferin fragte, ob er nicht noch ein Stück Marzipan-
stollen mitnehmen wolle. Nils blieb stand-
haft. Nichts Weihnachtliches durfte in
seine kleine Studentenwohnung gelangen.
Keine Sterne, Kerzen, Tannenzweige.
Nicht einmal Gebäck.
Zum ersten Mal im Leben wohnte er weit
vom Heimatort entfernt. Nichts konnte
ihn bewegen, über die Feiertage seine Familie zu besuchen. Die Eltern hatten versucht, ihn zu überreden. Aber es half
nichts. Nils würde sich von Weihnachten
befreien.
Das Fest des Friedens weckte in ihm Bilder
von heftigem Streit. Spätestens am vierundzwanzigsten Dezember war sein Vater aus-
gerastet. Er konnte das Geschäftliche einfach nicht hinter sich lassen. Die Nerven
lagen um diese Zeit blank. Von weihnacht-
licher Atmosphäre war nichts zu spüren.
Außerdem stellte sich über die Feiertage ein

regelrechter Belagerungszustand der Verwandtschaft ein. Sinnlose Pflichtgeschenke wechselten den Besitzer. Und gegessen wurde ohne Ende. Nils wollte das alles nicht mehr. Er hatte die Nase voll davon.

Der Einkauf für die nächsten Tage war geschafft. Es fand sich tatsächlich nicht der kleinste Hinweis auf Weihnachten in seiner Wohnung. Die Karten mit den guten Wünschen hatte er nach dem Lesen sofort entsorgt. Der Zwanzigjährige fühlte sich zum ersten Mal rundherum wohl am vierundzwanzigsten Dezember. In den nächsten Tagen würde er seine Behausung nicht verlassen.

Am Nachmittag stellte er das Handy aus. Jetzt war er sogar unerreichbar. Der junge Mann stand mitten im Zimmer und streckte die Arme befreit von sich. Mit einem tiefen Seufzer schüttelte er ein Leben ab, das bisher jedes Jahr von einem weihnachtlichen Härtetest bedroht war.

Nils ließ stattdessen Badewasser einlaufen. Nicht einmal der Duft des Zusatzes erinnerte an das Fest der Feste. Draußen verabschiedete sich die Sonne, als er in das Wasser stieg. Allein mit sich selbst wirkte die Welt auf einmal so leicht.

Der Student der Betriebswirtschaft aalte sich im warmen Wasser, verteilte den Schaum über den Körper. Er vermied es sogar, einen weißen Bart entstehen zu lassen.

Zu Hause würden sie jetzt vor dem Weihnachtsbaum sitzen und verordnete Feierlichkeit einüben. Nein, bloß nicht daran denken. Auch den Kopf musste Nils von Weihnachten frei bekommen.

Nach einem ausgedehnten Bad zog Nils die Jalousien herunter. Sein Blick durfte keinesfalls mit Lichterketten und Weihnachtsbäumen in Berührung kommen. Im Schlafanzug belegte er Brötchenhälften; stellte sich den Imbiss an das Bett. Dann machte er es sich unter der Bettdecke bequem. Innerlich befreit starrte er zufrieden an die Zimmerdecke.

Was waren das für Töne, die er plötzlich hörte? Die Familie eine Etage unter ihm ließ Musik laufen. Ganz deutlich erkannte Nils die Melodie von »Stille Nacht, heilige Nacht«. Ärgerlich schlug er mit der Hand auf die Bettdecke. War man nicht einmal in der eigenen Wohnung sicher vor dem Fest? Konnten sie ihre Anlage nicht leiser einstellen? Es kam ihm vor wie ein Versuch von Nötigung. Da blieb nur der Walkman als letzte Lösung.

Das Abendbrot hatte schon besser geschmeckt. Nils aß lieber in Gesellschaft mit Freunden. Da konnte man sich angenehm unterhalten. Aber alle seine Bekannten waren mit dem Fest beschäftigt. Die meisten hatten sich für zu Hause entschieden. Und die paar Studienkollegen, die über die Tage in der Stadt blieben, feierten auch auf irgendeine Weise. Niemand von ihnen hatte Zeit für ihn.

Nils schob solche Gedanken schnell wieder beiseite. Nur nicht sentimental werden, nahm er sich vor. Ihm ging es richtig gut. Der junge Mann ignorierte das Klingeln an der Wohnungstür. Wer konnte das nur sein um diese Zeit? Das Klingeln wurde anhaltender. Nils stieg aus dem Bett und zog den Bademantel über. Frau Jäger von der Familie unter ihm hatte sich vorgenommen, in seine Ruhe einzubrechen. Sie hielt eine weihnachtlich dekorierte Schale mit Plätzchen und Nougat-Baumanhängern in der Hand. »Sind sie krank, Herr Naumann?«, wollte die Frau wissen. Niemand lief in den heiligsten Stunden des Jahres in Bademantel und Schlafanzug herum. Und allein zu sein, war auch schon verdächtig. Nils aber hatte keine Lust, sich zu verteidigen. Nein, es ginge ihm bestens. »Danke, das wäre doch nicht nötig gewesen«, nahm er artig die Schale entgegen. »Haben Sie nicht Lust, mit uns zu feiern?«, lud die Frau den jungen Mann ein und strahlte ihn dabei mütterlich an.

Nils fühlte sich genervt. Konnte man ihn nicht einfach in Ruhe lassen? Ihr Werben jedoch wurde dringender.

Nils überstand den Angriff auf seinen Frieden. Die Schale mit den weihnachtlichen Leckereien versteckte er ganz oben in der kleinen Abstellkammer; hinter den Reisetaschen. Einen kurzen Moment war er versucht gewesen, davon zu naschen. Aber Nils war Herr über jegliche Art von Weihnachtsgefühlen. Im Bett aß er die letzte Brötchenhälfte. Bald wollte er einschlafen.

Die Glocken von Peter und Paul läuteten. Zur Feier des Tages entfalteten sie den vollen Klang. Nicht einmal der Walkman vermochte es, ihn zu schützen. Nils hielt sich mit dem Kopfkissen die Ohren zu.

Feierlich gekleidete Menschen würden jetzt in die Kirche strömen; so viele wie sonst das ganze Jahr nicht. Als Familie hatten sie das auch immer so gemacht. Bei der Christmette faszinierte ihn als kleiner Junge immer besonders das Krippenspiel. Josef wurde jedes Jahr vom Hausmeister der einzigen Schule am Ort gespielt, der sonst mit seinen Fluchsprüchen die spielenden Kinder vom Hof verjagte. Nils schmunzelte bei den Erinnerungen. Er verbot sich selbst, weiter darüber nachzudenken.

Der junge Mann redete sich Müdigkeit ein. Er versuchte es mit Schäfchenzählen; wurde dabei nur noch wacher. Nach Mitternacht musste er dann doch eingeschlafen sein, nachdem die Stimmen auf der Straße unten abgeklungen waren.

Am nächsten Morgen, dem ersten Weihnachtstag, weckten ihn die ersten Sonnenstrahlen. Der Heilige Abend war überstanden. Stolz schaute Nils sich vor dem Badezimmerspiegel in die Augen. Die Zähne putzte er mit einem befreiten Inneren. Für die Dusche nahm der junge Mann sich besonders viel Zeit. Zu Hause drängte die Familie in das Badezimmer. Der Gottesdienst begann schon um halb zehn.

Der Student aber hatte Weihnachten besiegt. Er alberte herum wie ein kleiner Junge. Der Rasierapparat blieb unbenutzt. Es würde ihn ja sowieso niemand zu Gesicht bekommen.

Nachdem der junge Mann sein Müsli verspeist und gebetet hatte, ohne Weihnachten mit einem Wort zu erwähnen, legte er sich wieder ins Bett. Er hatte lediglich die Worte gewählt: »Danke, Herr Jesus Christus, dass du bei uns Menschen wohnst.« Und er fügte hinzu: »Gut zu wissen, dass ich dich im Herzen habe.«

Im Haus war es wunderbar ruhig. Nur draußen hörte er Kinderstimmen. Sie probierten wohl ihre Weihnachtsgeschenke aus, während die Eltern noch in den Betten lagen.

Nils vertrieb sich die Zeit mit einem Roman über die Folgen eines gefürchteten Internet-Virus'. Gegen Mittag öffnete er eine Konservendose mit Ravioli. Seine Mutter holte jetzt bestimmt die Weihnachtsgans aus dem Backofen. Dazu gab es traditionell Klöße und Rothohl; jedes Jahr an Weihnachten.

Nils konnte nicht kochen. Es reichte nur für Rührei und Bratkartoffeln. Die Eier hatte er vergessen einzukaufen.

Der junge Mann hing über dem Teller. Irgendwie wollte es nicht so richtig schmecken. Die Kehle schien auf einmal zugeschnürt zu sein. Er hätte sich ja auch etwas Anspruchsvolleres kaufen können als diese Nudeltaschen in Tomatensauce. Und im Schlafanzug an einem ungeschmückten Tisch zu sitzen, weckte keine Begeisterung.

Nils ließ den halbvollen Teller stehen. Er war froh, dass ihn niemand beobachten konnte. Er blieb seiner Entscheidung treu. Wieder im Bett, schlief der junge Mann sogar kurze Zeit ein. Im Traum stand er inmitten einer großen Menschenmenge.

Jeder stürmte mit einem Anliegen auf den armen Kerl ein. Und dann fühlte er sich wie ein Luftballon, aus dem die Luft entwich. Nils löste sich auf. Der Schreck darüber ließ ihn schlagartig wach werden. Sein Herz schlug bis zum Hals. Der Schlafanzug war nass geschwitzt.

Die Uhr zeigte halb drei. Er wünschte sich, der Tag sei schon zu Ende. Fernsehen war nicht möglich wegen des weihnachtlichen Programms. Lesen verlor langsam seinen Reiz.

Ob ihn vielleicht jemand anrufen würde? Man müsste ja nicht auf das Fest zu sprechen kommen. Entgegen seiner Absicht schaltete Nils das Handy ein. Jetzt fühlte er sich nicht mehr so allein. Der Schlafanzug hing zum Trocknen über dem Stuhl. Und er hatte seine Hände unter den Kopf gelegt. Starrte erwartungsvoll an die Decke, als müsste sich dort eine Tür öffnen. Aber es bewegte sich nichts. Jede neue Stunde schien nie enden zu wollen.

Es klingelte an der Wohnungstür. Nils sprang aus dem Bett und zog sich den Bademantel über. Diesmal stand nicht

Frau Jäger vor der Tür, sondern ihr Ehemann. »Wir machen uns ein bisschen Sorgen um Sie«, sagte der Mann. »Wie ich sehe, scheint es Ihnen nicht besonders gut zu gehen.« »Ich habe geschlafen«, erklärte Nils den Bademantel.

Herr Jäger meinte wohl etwas anderes. Er drängte sich geradezu in die Wohnung. Diesmal fand der junge Mann die Unterbrechung sogar angenehm.

Sie saßen am Tisch. Der Familienvater nahm die Hand des Studenten und sah ihn durchdringend an. Nils schluckte ein paar Mal. Er durfte jetzt nur ja keine Träne verlieren. Es schien ja offensichtlich eine Krankheit zu sein, nicht Weihnachten zu feiern.

»Ziehen Sie sich doch an. Wir sitzen unten gerade so gemütlich zusammen.« Beinahe hätte der junge Mann sich erweichen lassen. Er zog seine Hand zurück. Die Feiertage bekamen keine Chance. Warum musste er sich nur rechtfertigen, weil er der Feierlichkeit aus dem Weg gegangen war? Er lehnte das Essen von Jägers ab, wollte keine weiteren Plätzchen. Ja, die hätten lecker geschmeckt, obwohl er kein einziges probiert hatte. Mehrmals betonte Nils, dass es ihm gut ginge. Er bedankte sich für so viel nachbarschaftliches Mitgefühl. Wie gern wäre er mitgegangen. Aber sein Platz war im Bett.

Später nahm Nils die Bibel zur Hand. Die Weihnachtsgeschichte nach Lukas hatte bisher nie in seinem Leben gefehlt. Mit einem Anflug von schlechtem Gewissen begann er, laut zu lesen. Als täte er etwas Verbotenes. Es kam ihm vor wie der Besuch von Engeln in seiner einfachen Studentenbude. Im Stall von Betlehem hatte es auch keine Weihnachtsdekoration gegeben.

Das Handy blieb stumm. Seine Eltern hätten sich auf den Weg machen können, ihn zu besuchen. Zu Hause saßen sie bei Musik von CD und den leckeren Lebkuchen, die seine Mutter immer zu Weihnachten backte.

Am nächsten Morgen fühlte Nils sich schon viel besser. Den größten Teil von Weihnachten hatte er besiegt. Noch ein letzter langer Tag lag vor ihm. Das einfache Weißbrot schmeckte ihm nicht besonders. Für ein einziges Stück leckeren Stollen von Tante Else hätte er jetzt alles gegeben. Aber der junge Mann kämpfte eisern um seine Weihnachtsschutzzone.

Das Handy meldete sich. Nils stolperte vor Aufregung. Der Anrufer hatte sich vertan. »Happy Christmas«, wünschte der Fremde. Der Student ärgerte sich. Ist man denn nirgendwo sicher vor Weihnachten. Der kann mir doch nicht einfach fröhliche Weihnachten wünschen.

Draußen sah Nils viele Menschen spazieren gehen. Die Sonne bei den eisigen Temperaturen lud dazu ein. Und er würde gleich wieder im Bett verschwinden wie ein elender Weihnachtsmuffel.

Sonst dachte der junge Mann doch nicht so negativ über das Leben. Der Rücken tat ihm schon weh von dem vielen Liegen. Wer konnte denn etwas dagegen haben, wenn er wenigstens mal um den Block spazieren würde. Die Weihnachtsbäume ließen sich ja wohl ignorieren. Nils kämpfte gegen sich selbst. Er redete sich alle möglichen Entschuldigungen ein, obwohl ihm niemand etwas verboten hatte.

Die Weihnachtssonne siegte schließlich über das Bett. Nils sog die frische Luft in sich auf und blinzelte vergnügt in die Sonne. Er hatte sich sogar etwas Geld eingesteckt. Denn die Gedanken an den Rest des Nudelgerichtes aus der Dose verdarben ihm den Appetit. Er steuerte das türkische Imbisslokal an. Es war immer die letzte Rettung, wenn sich im Kühlschrank nichts mehr fand. Außerdem konnte er sicher sein, eine weihnachtsfreie Zone zu betreten. »Ein Döner und eine Cola« bestellte er. Zwei, drei Leute außer dem Wirt und ihm befanden sich noch in dem kleinen Raum.

Nils suchte sich einen Tisch hinten in der Ecke aus. Er wollte ungestört essen. Ein anderer junger Mann verließ seinen Platz und kam auf ihn zu. »Auch ein Weihnachtsverweigerer?« fragte er grinsend. Nils nickte nur. »Morgen haben wir's wieder geschafft« sagte der Unbekannte. »Ja« antwortete der Student.

»Ich hab' noch nie was von diesem christlichen Zeug gehalten« ergänzte der ungepflegt erscheinende Imbissgast. Nils biss gerade in die gefüllte Teigtasche. Er musste erst den Mund leer machen. Das konnte er nicht im Raum stehen lassen.

Der andere zeigte sich verblüfft, als Nils plötzlich anfing, das Fest zu verteidigen. Schließlich sei Gott Mensch geworden. Der Student sah im Gesicht seines Gegen- übers die totale Verwirrung. Hatte er sich nicht soeben noch mit den Weihnachtsver- weigerern solidarisiert? Und jetzt erzählte er begeistert von dem Säugling in der Futter- krippe.

Man müsse ja nicht die weihnachtlichen Gewohnheiten mitmachen. »Jesus hat sei- nen Platz in meinem Herzen«. Nils bekräf- tigte es mit einer entsprechenden Hand- bewegung. »Er ist mein bester Freund« fügte er hinzu.

Der andere kam nicht ganz mit. »Ja, und wie hast du das gemacht? Heiligabend und so?« wollte er es genau wissen. »Im Bett« antwortete der Student. »Weihnach- ten im Bett«.

Der Fremde schüttelte den Kopf. Und Nils schmunzelte in sich hinein. So schön war es ja wirklich nicht gewesen, sein Fest ohne Weihnachten.

Als der Student den Imbiss verließ, tippte der andere mit dem Finger an die Stirn. »Viele Grüße an deinen Freund« rief er ihm hinterher. Nils drehte sich um. »Ich soll dich auch von ihm grüßen.«

Fröhlich pfeifend kehrte Nils in seine Wohnung zurück. Weihnachten hatte wieder etwas von seinem ursprünglichen Stallgeruch.

Lüttenweihnachten

Hans Fallada

»Tüchtig neblig heute«, sagte am 20. Dezember der Bauer Gierke ziellos über den Frühstückstisch hin. Es war eigentlich eine ziemlich sinnlose Bemerkung, jeder wusste auch so, dass Nebel war, denn der Leuchtturm von Arkona heulte schon die ganze Nacht mit seinem Nebelhorn wie ein Gespenst, das das Ängsten kriegt.

Wenn der Vater die Bemerkung trotzdem machte, so konnte sie nur eines bedeuten. »Neblig –?«, fragte gedehnt sein dreizehnjähriger Sohn Friedrich.

»Verlauf dich bloß nicht auf deinem Schulwege«, sagte Gierke und lachte.

Und nun wusste Friedrich genug, und auf seinem Zimmer steckte er schnell die Schulbücher aus dem Ranzen in die Kommode, lief in den Stellmacherschuppen und »borgte« sich eine kleine Axt und eine Handsäge. Dabei übererlegte er: Den Franz von Gäbels nehm ich nicht mit, der kriegt Angst vor dem Rotvoß. Aber

Schöns Alwert und die Frieda Benthin. Also los!

Wenn es für die Menschen Weihnachten gibt, so muss es das Fest auch für die Tiere geben. Wenn für uns ein Baum brennt, warum nicht auch für Pferde und Kühe, die doch das ganze Jahr unsere Gefährten sind? In Baumgarten jedenfalls feiern die Kinder vor dem Weihnachtsfest Lütten-weihnachten für die Tiere, und dass es ein verbotenes Fest ist, von dem der Lehrer Beckmann nichts wissen darf, erhöht seinen Reiz. Nun hat der Lehrer Beckmann nicht nur körperlich einen Buckel, sondern er kann auch sehr bösartig werden, wenn seine Schüler etwas tun, was sie nicht sollen. Darum ist Vaters Wink mit dem nebligen Tag eine Sicherheit, dass das Schulschwänzen heute jedenfalls von ihm nicht allzu tragisch genommen wird.

Schule aber muss geschwänzt werden, denn wo bekommt man einen Weihnachts-baum her? Den muss man aus dem Staatsforst an der See oben stehlen, das zu Lüttenweihnachten. Und weil man beim Stehlen erwischt werden kann und weil der Förster Rotvoß ein schlimmer Mann ist, darum muss der Tag neblig sein, sonst ist es zu gefährlich. Wie Rotvoß wirklich heißt, das wissen die Kinder nicht, aber er ist der Förster und hat einen fuchsroten Vollbart, darum heißt er Rotvoß.

Von ihm reden sie, als sie alle drei etwas aufgeregt über die Feldraine der See entgegenlaufen. Schöns Alwert weiß von einem Knecht, den hat Rotvoß an einen Baum gebunden und so lange mit der gestohlenen Fichte geschlagen, bis keine Nadeln mehr daran saßen. Und Frieda weiß bestimmt, dass er zwei Mädchen einen ganzen Tag lang im Holzschauer eingesperrt hat, erst als Heiligenabend vorbei war, ließ er sie wieder laufen.

Sicher ist, sie gehen zu einem großen Abenteuer, und dass der Nebel so dick ist, dass man keine drei Meter weit sehen kann, macht alles noch viel geheimnisvoller. Zuerst ist es ja sehr einfach: Die Raine auf der Baumgartener Feldmark kennen sie: Das ist Rothspracks Winterweizen, und dies ist die Lehmkule, aus der Müller Timm sein Vieh sommers tränkt.

Aber sie laufen weiter, immer weiter, sieben Kilometer sind es gut bis an die See, und nun fragt es sich, ob sie sich auch nicht verlaufen im Nebel. Da ist nun dieser Leuchtturm von Arkona, er heult mit seiner Sirene, dass es ein Grausen ist, aber es ist so seltsam, genau kriegt man nicht weg, von wo er heult. Manchmal bleiben sie stehen und lauschen. Sie beraten lange, und als sie weitergehen, fassen sie sich an den Händen, die Frieda in der Mitte. Das Land ist so seltsam still, wenn sie dicht an einer Weide vorbeikommen, verliert sie sich nach oben ganz in Rauch. Es tropft sachte von ihren Ästen, tausend Tropfen sitzen überall, nein, die See kann man noch nicht hören. Vielleicht ist sie ganz glatt, man weiß es nicht, heute ist Windstille.

Plötzlich bellt ein Hund in der Nähe, sie stehen still, und als sie dann zehn Schritte weitergehen, stoßen sie an eine Scheunenwand. Wo sie hingeraten sind, machen sie aus, als sie um eine Ecke spähen. Das ist Nagels Hof, sie kennen ihn an den bunten Glaskugeln im Garten.

Sie sind zu weit rechts, sie laufen direkt

auf den Leuchtturm zu, und dahin dürfen sie nicht, da ist kein Wald, da ist nur die steile, kahle Kreideküste. Sie stehen noch eine Weile vor dem Haus, auf dem Hof klappert einer mit Eimern, und ein Knecht pfeift im Stall: Es ist so heimlich! Kein Mensch kann sie sehen, das große Haus vor ihnen ist ja nur wie ein Schattenriss.

Sie laufen weiter, immer nach links, denn nun müssen sie auch vermeiden, zum alten Schulhaus zu kommen – das wäre so schlimm! Das alte Schulhaus ist gar kein Schulhaus mehr, was soll hier in der Gegend ein Schulhaus, wo keine Menschen leben – nur die paar weit verstreuten Höfe ... Das Schulhaus besteht nur aus runtergebrannten Grundmauern, längst verwachsen, verfallen, aber im Sommer blüht hier herrlicher Flieder. Nur, dass ihn keiner pflückt. Denn dies ist ein böser Platz, der letzte Schullehrer hat das Haus abgebrannt und sich aufgehängt. Friedrich Gierke will es nicht wahrhaben, sein Vater hat gesagt, das ist Quatsch, ein Altenteilhaus ist es mal gewesen. Und es ist gar nicht abgebrannt, sondern es hat leergestanden, bis es verfiel. Darüber geraten die Kinder in großen Streit.

Ja, und das Nächste, dem sie nun begegnen, ist grade dies alte Haus. Mitten in ihrer Streiterei laufen sie grade darauf zu! Ein Wunder ist es in diesem Nebel. Die Jungens können's nicht lassen, drinnen ein bisschen zu stöbern, sie suchen etwas Verbranntes. Frieda steht abseits auf dem Feldrain und lockt mit ihrer hellen Stimme. Ganz nah, wie schräg über ihnen, heult der Turm, es ist schlimm anzuhören. Es setzt so langsam ein und schwillt und schwillt, und man denkt, der Ton kann gar nicht mehr voller werden, aber er nimmt immer mehr zu, bis das Herz sich ängstigt und der Atem nicht mehr will –: »Man darf nicht so hinhören …«

Jetzt sind es höchstens noch zwanzig Minuten bis zum Wald. Alwert weiß sogar, was sie hier finden: erst einen Streifen hoher Kiefern, dann Fichten, große und kleine, eine Wildnis, grade, was sie brauchen, und dann kommen die Dünen, und dann die See. Ja, nun beraten sie, während sie über einen Sturzacker wandern: erst der Baum oder erst die See? Klüger ist es, erst an die See, denn wenn sie mit dem Baum länger umherlaufen, kann Rotvoß doch erwischen, trotz des Nebels. Sind sie ohne Baum, kann er ihnen nichts sagen, obwohl er zu fragen fertigbringt, was Friedrich in seinem Ranzen hat. Also erst See, dann Baum.

Plötzlich sind sie im Wald. Erst dachten sie, es sei nur ein Grasstreifen hinter dem Sturzacker, und dann waren sie schon zwischen den Bäumen, und die standen enger und enger. Richtung? Ja, nun hört man doch das Meer, es donnert nicht grade, aber gestern ist Wind gewesen, es wird eine starke Dünung sein, auf die sie zulaufen. Und nun seht, das ist nun doch der richtige Baum, den sie brauchen, eine Fichte, eben gewachsen, unten breit, ein Ast wie der andere, jedes Ende gesund – und oben so schlank, eine Spitze so hell, in diesem Jahre getrieben. Kein Gedanke, diesen Baum stehenzulassen, so einen finden sie nie wieder. Ach, sie sägen ihn ruchlos ab, sie bekommen ein schönes Lüttenweihnachten, das herrlichste im Dorf, und Posten stellen sie auch nicht aus. Warum soll Rotvoß grade hierherkommen? Der Waldstreifen ist über zwanzig Kilometer lang. Sie binden die Äste schön an den Stamm, und dann essen sie ihr Brot, und dann laden sie den Baum auf, und dann laufen sie weiter zum Meer.

Zum Meer muss man doch, wenn man ein Küstenmensch ist, selbst mit solchem Baum. Anderes Meer haben sie näher am Hof, aber das sind nur Bodden und Wieks. Dies hier ist richtiges Außenmeer, hier kommen die Wellen von weit, weit her, von Finnland oder von Schweden oder auch von Dänemark. Richtige Wellen ...

Also, sie laufen aus dem Wald über die Dünen.

Und nun stehen sie still.

Nein, das ist nicht mehr die Brandung allein, das ist ein seltsamer Laut, ein wehklagendes Schreien, ein endloses Flehen, tausendstimmig. Was ist es? Sie stehen und lauschen.

»Jung, Manning, das sind Gespenster!«

»Das sind die Ertrunkenen, die man nicht begraben hat.«

»Kommt, schnell nach Haus!«
Und darüber heult die Nebelsirene.

Seht, es sind kleine Menschentiere, Bauernkinder, voll von Spuk und Aberglauben, zu Haus wird noch besprochen, da wird gehext und blau gefärbt. Aber sie sind kleine Menschen, sie laden ihren Baum wieder auf und waten doch durch den Dünensand dem klagenden Geschrei entgegen, bis sie auf der letzten Höhe stehen, und −

Und was sie sehen, ist ein Stück Strand, ein Stück Meer. Hier über dem Wasser weht es ein wenig, der Nebel zieht in Fetzen, schließt sich, öffnet den Ausblick. Und sie sehen die Wellen, grüngrau, wie sie umstürzen, weißschäumend draußen auf der äußersten Sandbank, näher tobend, brausend. Und sie sehen den Strand, mit Blöcken besät, und dazwischen lebt es, dazwischen schreit es, dazwischen watschelt es in Scharen …

»Die Wildgänse!«, sagen die Kinder. »Die Wildgänse −!«

Sie haben nur davon gehört, sie haben es noch nie gesehen, aber nun sehen sie es.

Das sind die Gänsescharen, die zum offenen Wasser ziehen, die hier an der Küste Station machen, eine Nacht oder drei, um dann weiterzuziehen, nach Polen oder wer weiß wohin, Vater weiß es auch nicht. Da sind sie, die großen wilden Vögel, und sie schreien, und das Meer ist da und der Wind und der Nebel, und der Leuchtturm von Arkona heult, und die Kinder stehen da mit ihrem gemausten Tannenbaum und starren und lauschen und trinken es in sich ein –

Und plötzlich sehen sie noch etwas, und magisch verführt gehen sie dem Wunder näher. Abseits, zwischen den hohen Steinblöcken, da steht ein Baum, eine Fichte wie die ihre, nur viel, viel höher, und sie ist besteckt mit Lichtern, und die Lichter flackern im leichten Windzug …

»Lüttenweihnachten«, flüstern die Kinder. »Lüttenweihnachten für die Wildgänse …« Immer näher kommen sie, leise gehen sie, auf den Zehen – oh, dieses Wunder! –, und um den Felsblock biegen sie. Da ist der Baum vor ihnen in all seiner Pracht, und neben ihm steht ein Mann, die Büch-

se über der Schulter, ein roter Vollbart ...
»Ihr Schweinekerls!«, sagt der Förster, als
er die drei mit der Fichte sieht.

Und dann schweigt er. Und auch die Kinder
sagen nichts. Sie stehen und starren. Es
sind kleine Bauerngesichter, sommerspros-
sig, selbst jetzt im Winter, mit derben Nasen
und einem festen Kinn, es sind Augen, die
was in sich reinsehen. Immerhin, denkt der
Förster, haben sie mich auch erwischt beim
Lüttenweihnachten. Und der Pastor sagt, es
sind Heidentücken. Aber was soll man
denn machen, wenn die Gänse so schreien
und der Nebel so dick ist und die Welt so
eng und so weit und Weihnachten vor der
Tür ... Was soll man da, machen ...?

Man soll einen Vertrag machen auf ewiges
Stillschweigen, und die Kinder wissen ja
nun, dass der gefürchtete Rotvoß nicht so
schlimm ist, wie sich die Leute erzählen.
Ja, da stehen sie nun: ein Mann, zwei Jungen, ein Mädel. Die Kerzen flackern am
Baum, und ab und zu geht auch eine aus.
Die Gänse schreien, und das Meer braust
und rauscht. Die Sirene heult. Da stehen
sie, es ist eine Art Versöhnungsfest, sogar

auf die Tiere erstreckt, es ist Lüttenweihnachten. Man kann es feiern, wo man will,
am Strande auch, und die Kinder werden
es nachher in ihres Vaters Stall noch einmal feiern.

Und schließlich kann man hingehen und
danach handeln. Die Kinder sind imstande
und bringen es fertig, die Tiere nicht
unnötig zu quälen und ein bisschen nett zu
ihnen zu sein. Zuzutrauen ist ihnen das.

Das ganze aber heißt Lüttenweihnachten
und ist ein verbotenes Fest, der Lehrer
Beckmann wird es ihnen morgen schon
zeigen!

Das Wunder

Marie-Luise Kaschnitz

Die Schwierigkeit, die man im Verkehr mit Don Crescenzo hat, besteht darin, dass er stocktaub ist. Er hört nicht das Geringste und ist zu stolz, den Leuten von den Lippen zu lesen. Trotzdem kann man ein Gespräch mit ihm nicht einfach damit anfangen, dass man etwas auf einen Zettel schreibt. Man muss so tun, als gehöre er noch zu einem, als sei er noch ein Teil unserer lauten, geschwätzigen Welt.

Als ich Don Crescenzo fragte, wie das an Weihnachten gewesen sei, saß er auf einem der Korbstühlchen am Eingang seines Hotels. Es war sechs Uhr, und der Strom der Mittagskarawanen hatte sich verlaufen. Es war ganz still, und ich setzte mich auf das andere Korbstühlchen, gerade unter dem Barometer mit dem Werbebild der Schifffahrtslinie, einem weißen Schiff im blauen Meer. Ich wiederholte meine Frage, und Don Crescenzo hob die Hände gegen seine Ohren und schüttelte bedauernd den

Kopf. Dann zog er ein Blöckchen und einen Bleistift aus der Tasche, und ich schrieb das Wort Natale und sah ihn erwartungsvoll an.

Ich werde jetzt gleich anfangen, meine Weihnachtsgeschichte zu erzählen, die eigentlich Don Crescenzos Geschichte ist. Aber vorher muss ich noch etwas über diesen Don Crescenzo sagen. Meine Leser müssen wissen, wie arm er einmal war und wie reich er jetzt ist, ein Herr über hundert Angestellte, ein Besitzer von großen Wein- und Zitronengärten und von sieben Häusern. Sie müssen sich sein Gesicht vorstellen, das mit jedem Jahr der Taubheit verwaschener wirkt, so als würden Gesichter nur von der beständigen Rede und Gegenrede geformt und bestimmt. Sie müssen ihn vor sich sehen, wie er unter den Gästen seines Hotels umhergeht, aufmerksam und traurig und schrecklich allein. Und dann müssen sie auch erfahren, dass er sehr gern aus seinem Leben erzählt und dass er dabei nicht schreit, sondern mit leiser, angenehmer Stimme spricht.

Oft habe ich ihm zugehört, und natürlich war mir auch die Weihnachtsgeschichte schon bekannt. Ich wusste, dass sie mit der Nacht anfing, in der der Berg kam, ja, so hatten sie geschrien: Der Berg kommt, und sie hatten das Kind Crescenzo aus dem Bett gerissen und den schmalen Felsweg entlang. Er war damals sieben Jahre alt, und wenn Don Crescenzo davon berichtet, hob er die Hände an die Ohren, um zu verstehen zu geben, dass dieser Nacht gewiss die Schuld an seinem jetzigen Leiden zuzuschreiben sei.

»Ich war sieben Jahre alt und hatte das Fieber«, sagte Don Crescendo und hob die Hände gegen die Ohren, auch dieses Mal. »Wir waren alle im Nachthemd, und das war es auch, was uns geblieben war, nachdem der Berg unser Haus ins Meer gerissen hatte, das Hemd auf dem Leibe, sonst nichts. Wir wurden von Verwandten aufgenommen, und andere Verwandte haben uns später das Grundstück gegeben, dasselbe, auf dem jetzt das Albergo steht. Meine Eltern haben dort, noch bevor der Winter kam, ein Haus gebaut. Mein Vater hat die Maurerarbeiten gemacht, und meine Mutter hat ihm die Ziegel in Säcken den Abhang hinuntergeschleppt. Sie war klein und schwach, und wenn sie glaubte, dass niemand in der Nähe war, setzte sie sich einen Augenblick auf die Treppe und seufzte, und die Tränen liefen ihr über das Gesicht. Gegen Ende des Jahres war das Haus fertig, und wir schliefen auf dem Fußboden, in Decken gewickelt und froren sehr.«

»Und dann kam Weihnachten«, sagte ich und deutete auf das Wort Natale, das auf dem obersten Zettel stand.

»Ja«, sagte Don Crescenzo, »dann kam Weihnachten, und an diesem Tage war mir so traurig zumute, wie in meinem ganzen Leben nicht. Mein Vater war Arzt, aber einer von denen, die keine Rechnungen schreiben. Er ging hin und behandelte die Leute, und wenn sie fragten, was sie schuldig seien, sagte er, zuerst müssten sie die Arzneien kaufen und dann das Fleisch für die Suppe, und dann wolle er ihnen sagen, wie viel. Aber er sagte es nie. Er kannte die Leute hier sehr gut und wusste, dass sie kein Geld hatten. Er brachte es einfach nicht fertig, sie zu drängen, auch damals nicht, als wir alles verloren hatten und die letzten Ersparnisse durch den Hausbau aufgezehrt waren. Er versuchte es einmal, kurz vor Weihnachten, an dem Tage, an dem wir unser letztes Holz im Herd verbrannten. An diesem Abend brachte meine Mutter einen Stoß weißer Zettel nach Hause und legte sie vor meinem Vater hin, und dann nannte sie ihm eine Reihe von Namen, und mein Vater schrieb die Namen auf die Zettel und jedes Mal ein paar Zahlen dazu. Aber als er damit fertig war, stand er auf und warf die Zettel in das Herdfeuer, das gerade am Ausgehen war. Das Feuer flackerte sehr schön, und ich freute mich darüber, aber meine Mutter fuhr zusammen und sah meinen Vater traurig und zornig an.

So kam es, dass wir am vierundzwanzigsten Dezember kein Holz mehr hatten, kein Essen und keine Kleider, die anständig genug gewesen wären, damit in die Kirche zu gehen. Ich glaube nicht, dass meine Eltern sich darüber viel Gedanken

machten. Erwachsene, denen so etwas ge-
schieht, sind gewiss der Überzeugung, dass
es ihnen schon einmal wieder besser gehen wird, und dass sie dann essen und
trinken und Gott loben können, wie sie es
oft getan haben im Laufe der Zeit. Aber
für ein Kind ist das etwas ganz anderes.
Ein Kind sitzt da und wartet auf das Wunder, und wenn das Wunder nicht kommt,
ist alles aus und vorbei …«

Bei diesen Worten beugte sich Don Crescenzo vor und sah auf die Straße hinaus,
so als ob dort etwas seine Aufmerksamkeit
in Anspruch nähme. Aber in Wirklichkeit
versuchte er nur, seine Tränen zu verber-
gen. Er versuchte, mich nicht merken zu
lassen, wie das Gift der Enttäuschung noch
heute alle Zellen seines Körpers durch-
drang.

»Unser Weihnachtsfest«, fuhr er nach
einer Weile fort, »ist gewiss ganz anders
als die Weihnachten bei Ihnen zu Hause.
Es ist ein sehr lautes, sehr fröhliches Fest.
Das Jesuskind wird im Glasschrein in der
Prozession getragen, und die Blechmusik
spielt. Viele Stunden lang werden Böller-

schüsse abgefeuert, und der Hall dieser Schüsse wird von den Felsen zurückgeworfen, so dass es sich anhört wie eine gewaltige Schlacht. Raketen steigen in die Luft, entfalten sich zu gigantischen Palmbäumen und sinken in einem Regen von Sternen zurück ins Tal. Die Kinder johlen und lärmen, und das Meer mit seinen schwarzen Winterwellen rauscht so laut, als ob es vor Freude schluchzte und singe. Das ist unser Christfest, und der ganze Tag vergeht mit Vorbereitungen dazu. Die Knaben richten ihre kleinen Feuerwerkskörper, und die Mädchen binden Kränze und putzen die versilberten Fische, die sie der Madonna umhängen werden. In allen Häusern wird gebraten und gebacken und süßer Sirup gerührt.

So war es auch bei uns gewesen, solange ich denken konnte. Aber in der Christnacht, die auf den Bergsturz folgte, war es in unserem Hause furchtbar still. Es brannte kein Feuer, und darum blieb ich solange wie möglich draußen, weil es dort immer noch ein wenig wärmer war als drinnen. Ich saß auf den Stufen und sah

zur Straße hinauf, wo die Leute vorübergingen, und wo die Wagen mit ihren
schwachen Öllämpchen auftauchten und
wieder verschwanden. Es waren eine Menge Leute unterwegs, Bauern, die mit ihren
Familien in die Kirche fuhren, und andere, die noch etwas zu verkaufen hatten,
Eier und lebendige Hühner und Wein.
Wie ich das so saß, konnte ich das ängstli-
che Gegacker der Hühner hören und das
lustige Schwatzen der Kinder, die einander erzählten, was sie alles erleben würden heute Nacht. Ich sah jedem Wagen
nach, bis er in dem dunklen Loch des
Tunnels verschwand; als es auf der Straße
stiller wurde, dachte ich, das Fest müsse
schon begonnen haben, und ich würde nun
etwas vernehmen von dem Knattern der
Raketen und den Schreien der Begeisterung und des Glücks. Aber ich hörte nichts
als die Geräusche des Meeres, das gegen
die Felsen klatschte, und die Stimme meiner Mutter, die betete und mich aufforder-
te, einzustimmen in die Litanei. Ich tat es
schließlich, aber ganz mechanisch und mit
verstocktem Gemüt. Ich war sehr hungrig

und wollte mein Essen haben, Fleisch und Süßes und Wein. Aber vorher wollte ich mein Fest haben …

Und dann auf einmal veränderte sich alles auf eine unfassbare Art. Die Schritte auf der Straße gingen nicht mehr vorüber, und die Fahrzeuge hielten an. Im Schein der Lampen sahen wir einen prallen Sack, der in unseren Garten geworfen, und hoch bepackte Körbe, die an den Rand der Straße gestellt wurden. Eine Ladung Holz und Reisig rutschte die Stufen herunter, und als ich mich vorsichtig die Treppe hinauftastete, fand ich auf dem niederen Mäuerchen, auf Tellern und Schüsseln Eier, Hühner und Fisch. Es dauerte eine ganze Weile, bis die geheimnisvollen Geräusche zum Schweigen kamen und wir nachsehen konnten, wie reich wir mit einem Male waren. Da ging meine Mutter in die Küche und machte Feuer an, und ich stand draußen und sog inbrünstig den Duft in mich ein, der bei der Verbindung von heißem Öl, Zwiebeln, gehacktem Hühnerfleisch und Rosmarin entsteht.

Ich wusste im Augenblick nicht, was meine Eltern schon ahnen mochten, nämlich dass die Patienten meines Vaters, diese alten Schuldner, sich abgesprochen hatten, ihm Freude zu machen auf diese Art. Für mich fiel alles vom Himmel, die Eier und das Fleisch, das Licht der Kerzen, das Herdfeuer und der schöne Kittel, den ich mir aus einem Packen Kleider hervorwühlte und so schnell wie möglich überzog. ›Lauf‹, sagte meine Mutter, und ich lief die Straße hinunter und durch den langen finsteren Tunnel, an dessen Ende es schon glühte und funkelte von buntem Licht. Als ich in die Stadt kam, sah ich schon von Weitem den roten und goldenen Baldachin, unter dem der Bischof die steile Kirchentreppe hinaufgetragen wurde. Ich hörte die Trommeln und die Pauken und das Evivageschrei und brüllte aus Leibenskräften mit. Und dann fingen die großen Glocken in ihrem offenen Turm an zu schwingen und zu dröhnen.«

Don Crescenzo schwieg und lächelte freudig vor sich hin. Gewiss hörte er jetzt wieder, mit seinem inneren Gehör, alle diese heftigen und wilden Geräusche, die für

ihn schon so lange zum Schweigen gekommen waren und die ihm in seiner Einsamkeit noch viel mehr als jedem anderen
Menschen bedeutenden: Menschenliebe,
Gottesliebe, Wiedergeburt des Lebens aus
dem Dunkel der Nacht.

Ich sah ihn an, und dann nahm ich das
Blöckchen zur Hand. »Sie sollten schreiben, Don Crescenzo. Ihre Erinnerungen.« –
»Ja«, sagte Don Crescenzo, »das sollte ich.«
Einen Augenblick lang richtete er sich
hoch auf, und man konnte ihm ansehen,
dass er die Geschichte seines Lebens nicht
geringer einschätzte als das, was im Alten
Testament stand oder in der Odyssee. Aber
dann schüttelte er den Kopf. »Zuviel zu
tun«, sagte er.

Und auf einmal wusste ich, was er mit all
seinen Umbauten und Neubauten, mit der
Bar und den Garagen und dem Aufzug
hinunter zum Badeplatz im Sinne hatte.
Er wollte seine Kinder schützen vor dem
Hunger, den traurigen Weihnachtsabenden
und den Erinnerungen an eine Mutter, die
Säcke voll Steine schleppt und sich hin-
setzt und weint.

Die Flucht nach Ägypten

Selma Lagerlöf

Fern in einer der Wüsten des Morgenlandes wuchs vor vielen, vielen Jahren eine Palme, die ungeheuer alt und ungeheuer hoch war. Alle, die durch die Wüste zogen, mussten stehen bleiben und sie betrachten, denn sie war viel größer als andre Palmen, und man pflegte von ihr zu sagen, dass sie sicherlich höher werden würde als Obelisken und Pyramiden.

Wie nun diese große Palme in ihrer Einsamkeit dastand und hinaus über die Wüste schaute, sah sie eines Tages etwas, was sie dazu brachte, ihre gewaltige Blätterkrone vor Staunen auf dem schmalen Stamme hin und her zu wiegen. Dort am Wüstenrande kamen zwei einsame Menschen herangewandert. Sie waren noch in der Entfernung, in der Kamele so klein wie Ameisen erscheinen. Aber es waren sicherlich zwei Menschen. Zwei, die Fremdlinge in der Wüste waren, denn die Palme kannte das Wüstenvolk, ein Mann und ein

Weib, die weder Wegweiser noch Lasttiere
hatten, weder Zelte noch Wassersäcke.
»Wahrlich«, sagte die Palme zu sich selbst,
»diese beiden sind hergekommen, um zu
sterben.«
Die Palme warf rasche Blicke um sich.
»Es wundert mich«, fuhr sie fort, »dass die
Löwen nicht schon zur Stelle sind, um
diese Beute zu erjagen. Aber ich sehe keinen einzigen in Bewegung. Auch keinen
Räuber der Wüste sehe ich. Aber sie kommen wohl noch.«
»Ihrer harret ein siebenfältiger Tod«,
dachte die Palme weiter »Die Löwen werden sie verschlingen, die Schlangen sie
stechen, der Durst wird sie vertrocknen,
der Sandsturm sie begraben, die Räuber
werden sie fällen, der Sonnenstich wird sie
verbrennen, die Furcht sie vernichten.«
Und sie versuchte, an etwas anderes zu
denken. Dieser Menschen Schicksal
stimmte sie wehmütig. Aber im ganzen
Umkreis der Wüste, die unter der Palme
ausgebreitet lag, fand sie nichts, was sie
nicht schon seit Tausenden von Jahren
gekannt und betrachtet hätte. Nichts

konnte ihre Aufmerksamkeit fesseln. Sie musste wieder an die beiden Wanderer denken. »Bei der Dürre und dem Sturme«, sagte sie, des Lebens gefährlichste Feinde anrufend, »was ist es, was dieses Weib auf dem Arme trägt? Ich glaube gar, diese Toren führen auch ein kleines Kind mit sich.«

Die Palme, die weitsichtig war, wie es die Alten zu sein pflegen, sah wirklich richtig. Die Frau trug auf dem Arme ein kleines Kind, das den Kopf an ihre Schulter gelehnt hatte und schlief. »Das Kind ist nicht einmal hinlänglich bekleidet«, fuhr die Palme fort. »Ich sehe, dass die Mutter ihren Rock aufgehoben und es damit eingehüllt hat. Sie hat es in großer Hast aus seinem Bette gerissen und ist mit ihm fortgestürzt. Jetzt verstehe ich alles: Diese Menschen sind Flüchtlinge –« »Aber dennoch sind sie Toren«, fuhr die Palme fort. »Wenn nicht ein Engel sie beschützt, hätten sie lieber die Feinde ihr Schlimmstes tun lassen sollen, statt sich hinaus in die Wüste zu begeben. Ich kann mir denken, wie alles zugegangen ist. Der Mann stand bei der

Arbeit, das Kind schlief in der Wiege, die Frau war ausgegangen, um Wasser zu holen. Als sie zwei Schritte vor die Tür gemacht hatte, sah sie die Feinde angestürmt kommen. Sie ist zurückgestürzt, sie hat das Kind an sich gerissen, dem Manne zugerufen, er solle ihr folgen, und ist aufgebrochen. Dann sind sie tagelang auf der Flucht gewesen, sie haben ganz gewiss keinen Augenblick geruht. Ja, so ist alles zugegangen, aber ich sage dennoch, wenn nicht ein Engel sie beschützt! –

Sie sind so erschrocken, dass sie weder Müdigkeit noch andere Leiden fühlen können, aber ich sehe, wie der Durst aus ihren Augen leuchtet. Ich kenne doch wohl das Gesicht eines dürstenden Menschen.« Und als die Palme an den Durst dachte, ging ein krampfhaftes Zucken durch ihren langen Stamm, und die zahllosen Spitzen ihrer langen Blätter rollten sich zusammen, als würden sie über ein Feuer gehalten. »Wäre ich ein Mensch«, sagte sie, »ich würde mich nie in die Wüste hinauswagen. Der ist gar mutig, der sich hierher wagt, ohne Wurzeln zu haben, die

hinunter zu den niemals versiegenden Was-
seradern dringen. Hier kann es gefährlich
sein, selbst für Palmen. Selbst für eine solche Palme wie mich.

Wenn ich ihnen raten könnte, ich würde
sie bitten umzukehren. Ihre Feinde können niemals so grausam gegen sie sein wie
die Wüste. Vielleicht glauben sie, dass es
leicht sei, in der Wüste zu leben. Aber ich
weiß, dass es selbst mir zuweilen schwer
gefallen ist, am Leben zu bleiben. Ich
weiß noch, wie einmal in meiner Jugend
ein Sturmwind einen ganzen Berg von
Sand über mich schüttete. Ich war nahe
daran, zu ersticken. Wenn ich hätte sterben können, wäre dies meine letzte Stunde gewesen.« Die Palme fuhr fort, laut zu
denken, wie alte Einsiedler zu tun pflegen.
»Ich höre ein wunderbar melodisches
Rauschen durch meine Krone eilen«, sagte
sie. »Die Spitzen aller meiner Blätter müssen in Schwingungen beben. Ich weiß
nicht, was mich beim Anblick dieser armen Fremdlinge durchfährt. Aber dieses
betrübte Weib ist so schön. Sie bringt mir
das Wunderbarste, das ich erlebt, wieder

in Erinnerung.« Und während die Blätter fortfuhren, sich in einer rauschenden Melodie zu regen, dachte die Palme daran, wie einmal, vor sehr langer Zeit, zwei strahlende Menschen Gäste der Oase gewesen waren. Es war die Königin von Saba, die hierher gekommen war, mit ihr der weise Salomo. Die schöne Königin wollte wieder heimkehren in ihr Land, der König hatte sie ein Stück Weges geleitet, und nun wollten sie sich trennen. – »Zur Erinnerung an diese Stunde«, sagte da die Königin, »pflanze ich einen Dattelkern in die Erde, und ich will, dass daraus eine Palme werde, die wachsen und leben soll, bis im Lande Juda ein König ersteht, der größer ist als Salomo.« Und als sie dieses gesagt hatte, senkte sie den Kern in die Erde, und ihre Tränen netzten ihn.

»Woher mag es wohl kommen, dass ich just heute daran denke?«, fragte sich die Palme. »Sollte diese Frau so schön sein, dass sie mich an die herrlichste der Königinnen erinnert, an sie, auf deren Wort ich erwachsen bin und gelebt habe bis zum heutigen Tage? Ich höre meine Blätter immer stärker rauschen«, sagte die Palme, »und es klingt wehmütig wie ein Totengesang. Es ist, als weissagten sie, dass jemand bald aus dem Leben scheiden müsse. Es ist gut, zu wissen, dass es nicht mir gilt, da ich nicht sterben kann.« Die Palme nahm an, dass das Todesrauschen an ihren Blättern den beiden einsamen Wanderern gelten müsse. Sicherlich glaubten auch diese selbst, dass ihre letzte Stunde nahe. Man sah es an dem Ausdruck ihrer Züge, als sie an einem der Kamelskelette vorüberwanderten, die den Weg umgrenzten. Man sah es an den Blicken, die sie ein paar vorüberfliegenden Geiern nachsandten. Es konnte ja nicht anders sein. Sie waren verloren. Sie hatten die Palme und die Oase erblickt und eilten nun darauf zu, um Wasser zu finden. Aber als sie endlich herankamen, sanken sie in Verzweiflung zusammen, denn die Quelle war ausgetrocknet. Das ermattete Weib legte das Kind nieder und setzte sich weinend an den Rand der Quelle. Der Mann warf sich neben ihr hin, er lag und hämmerte mit beiden Fäusten auf die trockene Erde. Die

Palme hörte, wie sie miteinander davon sprachen, dass sie sterben müssten. Sie hörte auch aus ihren Reden, dass der König Herodes alle Kindlein im Alter von zwei und drei Jahren hatte töten lassen, aus Furcht, dass der große, erwartete König der Juden geboren sein könnte. »Es rauscht immer mächtiger in meinen Blättern«, dachte die Palme. »Diesen armen Flüchtlingen schlägt bald ihr letztes Stündlein.« Sie vernahm auch, dass die beiden die Wüste fürchteten. Der Mann sagte, es wäre besser gewesen, zu bleiben und mit den Kriegsknechten zu kämpfen, statt zu fliehen. Sie hätten so einen leichteren Tod gefunden.

»Gott wird uns beistehen«, sagte die Frau. »Wir sind einsam unter Raubtieren und Schlangen«, sagte der Mann. »Wir haben nicht Speise und Trank. Wie soll Gott uns beistehen können?« Er zerriss seine Kleider in Verzweiflung und drückte sein Gesicht auf den Boden. Er war hoffnungslos, wie ein Mann mit einer Todeswunde im Herzen. Die Frau saß aufrecht, die Hände über den Knien gefaltet. Doch die Blicke, die sie über die Wüste warf, sprachen von einer Trostlosigkeit ohne Grenzen. Die Palme hörte, wie das wehmütige Rauschen in ihren Blättern immer stärker wurde. Die Frau musste es auch gehört haben, denn sie hob die Augen zur Baumkrone auf. Und zugleich erhob sie unwillkürlich ihre Arme und Hände. »O Datteln, Datteln!«, rief sie. Es lag so große Sehnsucht in der Stimme, dass die alte Palme wünschte, sie wäre nicht höher als der Ginsterbusch, und ihre Datteln so leicht erreichbar wie die Hagebutten des Dornenstrauchs. Sie wusste wohl, dass ihre Krone voll von Dattelbüschen hing, aber wie sollten wohl Menschen zu so schwindelnder Höhe hinaufreichen? Der Mann hatte schon gesehen, wie unerreichbar hoch die Datteln hingen. Er hob nicht einmal den Kopf. Er bat nur die Frau, sich nicht nach dem Unmöglichen zu sehnen. Aber das Kind, das für sich selbst umhergetrippelt war und mit Hälmchen und Gräsern gespielt hatte, hatte den Ausruf der Mutter gehört. Der Kleine konnte sich wohl nicht denken, dass seine Mutter nicht alles bekommen könnte, was sie sich wünschte. Sowie man von Datteln sprach, begann er den Baum anzugucken. Er sann und grübelte, wie er die Datteln herunterbekommen sollte. Seine Stirn legte sich beinahe in Falten unter dem hellen Gelock. Endlich huschte ein Lächeln über sein Antlitz. Er hatte das Mittel herausgefunden. Er ging auf die Palme zu und streichelte sie mit seiner kleinen Hand und sagte mit einer süßen Kinderstimme: »Palme, beuge dich! Palme, beuge dich!« Aber, was war das nur? Was war das? Die Palmenblätter rauschten, als wäre ein Orkan durch sie gefahren, und den langen Palmenstamm hinauf lief Schauer um Schauer. Und die Palme fühlte, dass der Kleine Macht über sie hatte. Sie konnte ihm nicht widerstehen. Und sie beugte sich mit ihrem hohen Stamme vor dem Kinde, wie Menschen sich vor Fürsten beugen. In einem gewaltigen Bogen senkte sie sich zur Erde und kam endlich so tief hinunter, dass die große Krone mit den bebenden Blättern über den Wüstensand fegte. Das Kind schien weder erschrocken noch erstaunt zu sein, sondern mit einem Freudenrufe kam es und pflückte Traube um Traube aus der alten Palme. Als das Kind genug genommen hatte und der Baum noch immer auf der Erde lag, ging es wieder heran und liebkoste ihn und sagte mit der holdesten Stimme: »Palme, erhebe dich! Palme, erhebe dich!« Und der große Baum erhob sich still und ehrfürchtig auf seinem biegsamen Stamm, indes die Blätter gleich Harfen spielten.

»Jetzt weiß ich, für wen sie die Todesmelodie spielen«, sagte die alte Palme zu sich selbst, als sie wieder aufrecht stand. »Nicht für einen von diesen Menschen.« Aber der Mann und das Weib lagen auf den Knien und lobten Gott. »Du hast unsre Angst gesehen und sie von uns genommen. Du bist der Starke, der den Stamm der Palme beugt wie schwankendes Rohr. Vor welchem Feinde sollten wir erbeben, wenn deine Stärke uns schützt?«

Als die nächste Karawane durch die Wüste zog, sahen die Reisenden, dass die Blätterkrone der großen Palme verwelkt war.

»Wie kann das zugehen?«, sagte ein Wanderer. »Diese Palme sollte ja nicht sterben, bevor sie einen König gesehen hätte, der größer wäre als Salomo.« »Vielleicht hat sie ihn gesehen«, antwortete ein anderer von den Wüstenfahrern.

3. Kapitel

ES WAR
EIN GUTES JAHR

Neujahrsnacht

Eva Strittmatter

Es steht mir herein der Orion,
Ins Fenster wölbt sich die Neujahrsnacht,
Die still ist und ohne störenden Ton
Und nicht zuschanden macht
Von Trunkenheit und Witz aus dem Wein
Und jener Scheinharmonie.
Das kann ich jetzt: mit mir selber sein
Und fern von Angstsympathie.
Ich brauche den Rausch immer weniger.
Ich liebe das klare *Nein*
So wie das klare *Ja* zum Tag:
Glück und Leiden: alles soll sein.
Immer her damit! Hier wird angenommen,
Was das Leben was immer uns will.
Leicht hab ich den Nachtgrat
    des Jahres erklommen.
Und die *Waage* stand gleich und still.

Ich denk', es war ein gutes Jahr

Reinhard Mey

Der Raureif legt sich vor mein Fenster,
Kandiert die letzten Blätter weiß.
Der Wind von Norden jagt Gespenster
Aus Nebelschwaden übers Eis,
Die in den Büschen hängen bleiben,
An Zweigen, wie Kristall so klar.
Ich hauche Blumen auf die Scheiben
Und denk', es war ein gutes Jahr!

Sind ein paar Hoffnungen zerronnen?
War dies und jenes Lug und Trug?
Hab' nichts verloren, nichts gewonnen,
So macht mich auch kein Schaden klug.
So bleib ich Narr unter den Toren,
Hab' ein paar Illusionen mehr,
Hab' nichts gewonnen, nichts verloren,
Und meine Taschen bleiben leer.

Nichts bleibt von Bildern, die zerrinnen.
Nur eines seh' ich noch vor mir,
Als läg' ein Schnee auf meinen Sinnen
Mit tiefen Fußstapfen von dir!

Mir bleibt noch im Kamin ein Feuer
Und ein paar Flaschen junger Wein.
Mehr Reichtum wär' mir nicht geheuer
Und brächte Sorgen obendrein.

Du kommst, den Arm um mich zu legen,
Streichst mit den Fingern durch mein
Haar,
»Denk' dran, ein Holzscheit nachzulegen …
Ich glaub', es war ein gutes Jahr!«

Eis-Abenteuer

Theodor Fontane

Es war ein sehr heißer Sommer, ich glaube 29 oder 30, und soweit sich's ermöglichte, waren wir im Freien oder machten auch wohl Partien.

Unter diesen war auch eine nach der Oberförsterei Pudagla, der, wie schon erwähnt, zu jener Zeit der Oberförster Schröder, ein Bruder unserer Mamsell Schröder, vorstand, ein vorzüglicher Herr, gütig, gewissenhaft, gastlich. Und eines Sonntags fuhren wir da hinaus: meine Mutter und ich und noch zwei jüngere Geschwister. Die Schröder blieb zu Haus, ich weiß nicht weshalb, ebenso mein Vater, der nicht dabei sein konnte, weil er »Wache« hatte. »Wache haben« war ein terminus technicus und hieß so viel, wie, statt des Gehilfen, der seinen »freien Sonntag« hatte, das Geschäftliche persönlich übernehmen, also statt seiner auf »Wache zu ziehn«. Mein Vater fand dies immer etwas »inferior« für einen Mann von seinen

Qualitäten, jedenfalls aber sehr langweilig, weshalb er nie unterließ, sich für die Nachmittags- und Abendstunden eine Spielpartie einzuladen. Da zu dieser, wenn irgend möglich, auch die beiden Doktoren der Stadt gehörten, so war er auf diese Weise ziemlich sicher, vor Mixturenmischen und Ähnlichem bewahrt zu bleiben. Solche Einladung an zwei, drei Freunde war auch an dem hier zu schildernden Tage ergangen, wir aber fuhren in aller Frühe schon auf die Oberförsterei zu, denn es war ein weiter Weg, erst Ahlbeck, dann Heringsdorf, dann Gothen und zuletzt Pudagla selbst, das in einem weiten Bezirk kostbarer alter Buchen lag. Nach dem Strand hin, in einiger Entfernung, erhob sich der Streckelberg, der höchste Berg dieser Gegenden, zu dessen Füßen Vineta gelegen haben soll. Um zehn waren wir draußen, frühstückten und bewunderten zunächst ein junges Reh, das man in einem Abschlag des großen Gemüsegartens eingehegt hatte. Dann gingen wir zu Tisch. Gegen vier Uhr, so war das Nachmittagsprogramm, wollten wir in den Wald und dort Kaffee trinken. Es war inzwischen aber so heiß geworden, dass wir den Schatten des Hauses vorzogen und uns in Flur und Küche vergnügten, bis wir aus des Oberförsters Munde hörten, dass ein schweres Gewitter im Anzuge sei. »Dann wollen wir eilen«, sagte meine Mutter, »wir fahren gute drei Stunden, bei Dunkelwerden vielleicht noch länger, und mein Mann wird in Unruhe sein, weil er weiß, dass die Kinder sich ängstigen.« Ob sie dies alles glaubte, denn mein Papa ängstigte sich wenig um uns, weiß ich nicht. Der gute Oberförster aber gab nach, und um sechs Uhr fuhr der Wagen vor. Ich kam vorn zu dem Kutscher, einen Strauß mit Erdbeeren in der Hand, der mich zunächst tröstete. »Viel vor neun kommt es nicht herauf« waren des Oberförsters letzte Worte gewesen, und er schien auch recht behalten zu sollen. Wir litten zunächst wenig von der Schwüle, bis wir, nach fast anderthalbstündiger Fahrt am Strand hin, in den Wald einbogen. Es war zwischen Gothen und Heringsdorf. Und nun änderte sich die Situation sehr schnell, denn kaum, dass wir unter den Bäumen waren, so fuhr auch schon ein heller Blitz durch das Dunkel. Von Donner hörten wir nichts. In der Tat, es war zunächst nur Wetterleuchten, aber von solcher Intensität, dass der Wald wie in Feuer stand. Die Pferde wurden immer unruhiger, und als wir bis an die ersten Häuser von Ahlbeck gekommen waren, wandte sich der Kutscher in den Fond des Wagens hinein und fragte, ob wir nicht vor dem Dorfkrug halten und das Wetter abwarten wollten. Aber meine Mutter, in der ihr eigenen Resolutheit, wollte davon nichts wissen. »Nur zu.« Und so ging es denn weiter. Zunächst zwischen den Häusern und Hütten hin, und dann wieder in den jenseits des Dorfes sich fortsetzenden Wald hinein. Das Wetter hielt sich noch immer, und erst als wir wieder im Freien und schon in der Nähe des zwischen den Dünen gelegenen, mehrerwähnten Kirchhofs waren, hörten wir ein dumpfes Rollen und sahen, wie sich etliche vereinzelt umherstehende Kiefern im Winde zu beugen begannen. Es war sicher, das Losbrechen war nur noch eine Frage von Minuten. »Vorwärts.« Aber die Pferde konnten kaum noch, und immer langsamer mahlte der Wagen in dem tiefen Sande. Trotzdem schien alles gut für uns ablaufen zu sollen, das Unwetter gab uns erneuert eine Frist, und als wir unser Haus und die Kirche schon in Sicht hatten, war noch kein Tropfen Regen gefallen. Im selben Augenblick jedoch, wo wir hielten, gab es Blitz und Schlag zugleich, so mächtig, dass wir erschreckt in unsere Sitze zurückfielen; es musste ganz in der Nähe eingeschlagen haben, und wolkenbruchartig stürzte der Regen auf uns nieder.

In der Gehilfenstube, so viel sahen wir wohl, war Licht, aber niemand kam, um uns behilflich zu sein, und zu rufen oder mit der Peitsche zu knipsen, konnte bei dem Wetter, das tobte, nicht viel helfen. Ich sprang also vom Bock und half meiner Mutter und den Geschwistern, so gut es ging, aber trotzdem, als wir kaum zwei Minuten später in den dunklen Hausflur eintraten, waren wir total durchnässt und stapften auf den Fliesen umher, um den

Regen abzuschütteln. Aus der Küche kam jetzt eins der Mädchen, einen Blaker in der Hand. »Gott, Madame …« Aber unser in seine Whistpartie vertiefter Vater erschien noch immer nicht und wurde erst sichtbar, als meine Mutter, die mit einem Male klar in der Sache sah, die zur Gehilfenstube führende Tür hastig aufriss und mit nicht misszuverstehender Ausgesprochenheit hineinrief: »Guten Abend, Louis; wir sind da.«

»Nun, das ist ja gut; eben muss es eingeschlagen haben.«

Und während er diese Betrachtungen anstellte, legte er die letzten Trumpfkarten auf den Tisch und sagte: »Drei Trick, macht einen Rubber von sieben; Doktor, Sie geben.«

An Begrüßung war nicht zu denken, und meine Mutter zog sich empört in ihre Stube zurück.

Und nun sollten wir zu Bett gebracht werden; ich bat aber, aufbleiben zu dürfen, was mir auch gewährt wurde. Das Gewitter – eins von den ganz schweren, wie sie sich auf Inseln einstellen, wo der einschließende Wassergürtel sie festhält – nahm inzwischen seinen Fortgang. Mich fröstelte, und ich wusste nicht recht, wo ich hin sollte. Da stahl ich mich unbemerkt wieder nach vorn in die Stube, wo die vier Whistspieler noch immer saßen und dann und wann in ihrer Spielerregung so scharf auf die Tischkante schlugen, dass die Glasmanschetten auf den Messingleuchtern schwirrten und klirrten. Die Lichter waren schon fast niedergebrannt. »Ich denke noch einen Rubber.« Und dabei fuhr mein Vater mit dem Daumen über die Seitenwand der wieder zusammengerafften Karten. »Nimm ab, Werkenthin.« Ein greller Schein leuchtete durch die Ritze der Fensterladen, und mir war, als müsse der Blitz zwischen die Spieler fahren. Das Wetter war aber schon im Schwinden, und ich ging in meine Kammer, wo meine Geschwister bereits schliefen. Was eine halbe Stunde später drüben auf der andern Seite des Flurs zur Sprache kam, lag mir zum Glück außer Hörweite.

Wenn ich nicht irre, war es in demselben Jahre, dass die Herbsttage mit starkem Sturm einsetzten, und als wir Kinder eines Abends auf Schemeln und Fußbänken in der Küche saßen, um uns an dem großen Herdfeuer zu wärmen, erschien mit einem Male mein Vater und sagte: »Nun wird es Ernst; der Wind steht gerade auf die Molen, und kein Tropfen Wasser kann heraus. Bleibt es so, so können wir morgen Kahn fahren, oder vielleicht sitzen wir auch auf dem Dach.« Er glaubte es alles selber nicht recht; aber etwas, was vom Alltäglichen abwich, in Sicht zu stellen, war ihm ein besonderes Vergnügen, und wir Kinder waren, wenigstens in diesem Stück, alle so sehr nach ihm geartet, dass wir ihm Dank dafür wussten und unsere Mutter nicht begriffen, die von solcher Phantasiebelastung nie was wissen wollte.

»Können wir untergehen?«, fragte ich.

»Ja, mein lieber Junge, wer will so was sagen. Möglich ist alles. Übrigens ist es ein Glück, dass unsere Küste den Alluvialcharakter hat, kein ewiges Rumoren in der Erde, nichts Feuerspeiendes. Andere Gegenden sind schlimmer daran. In Caracas, einer südamerikanischen Stadt, deren Einwohnerzahl nicht genau feststeht, hat neulich eine Welle eine französische Brigg gepackt und von der Reede her auf den großen Marktplatz der Stadt gestellt. Und dann zog sich die Welle wieder zurück und ließ die Brigg genau da, wo sie stand, so dass die Bewohner von Caracas hinaufsteigen und den französischen Kapitän besuchen konnten. Das ist aber nur, weil da alles vulkanisch ist; gerade da, wo das Schiff vor Anker lag, ging es los, eine sogenannte Eruption.« Er sprach dann noch eine Weile so weiter und hinterließ uns in einem sehr aufgeregten Zustande. Dann und wann, wenn ein Windstoß kam, fielen große Stücke Ruß aus dem Rauchfang auf den Herd, und wenn dann die glimmenden Scheite aufflackerten und auseinanderflogen, fuhren wir zusammen, und ich meinerseits dachte: »Wenn es hier doch vielleicht vulkanisch wäre!«

Wie die Nacht verging, weiß ich nicht mehr, aber das weiß ich, dass wir am andern Tage sehr enttäuscht am Frühstückstische saßen. Der Wind, ein richtiger Nordwester, war ganz nach Westen herumgegangen, die Stauung hatte aufgehört, und das Wasser im Strom stand nicht viel höher als gewöhnlich. Es blieb uns also nichts anderes übrig, als unsere Mappen zu packen und unsern Schulgang ganz alltäglich zu Fuß anzutreten, während wir doch mit Sicherheit darauf gerechnet hatten, in einem Boot in die Schule fahren und unterwegs bei Bäcker Woltermann unsere Frühstücksbrötchen kaufen zu können. Ein kleiner romantischer Hang saß uns allen tief im Geblüt und blieb uns auch für manches weitere Jahr. 1848, wo wir Kinder doch alle schon erwachsen waren, kriegten wir noch einmal einen starken Anfall von dieser Lust am Abenteuerlichen. Wir lebten damals im Oderbruch und verfolgten die durch die Märztage auch in der Provinz Posen heraufbeschworenen Vorgänge. Eines Tages hieß es: »Die Polen kommen; sie stehen schon südlich von Küstrin und wollen auf Berlin zu, um mit dem Berliner Volk zu fraternisieren.« Ich hielt es eigentlich für Unsinn, trotzdem regte mich die Nachricht angenehm auf, meine Geschwister noch viel mehr, und alle Stunden gingen wir auf die höchstgelegene Bodenstube, um von dort aus Ausschau zu halten. Als es zuletzt hieß: »Sie kommen *nicht*«, waren wir eigentlich traurig; Confederatka, rote Schärpe, Übungsversuche im Französischen, all das wäre doch mal was anderes gewesen.

Ach Gott, wie einem die Tage
Langweilig hier vergehn;
Nur wenn sie einen begraben,
Bekommen wir was zu sehn …

Es liegt eine furchtbare Wahrheit in der Einsamkeits- und Verlassenheitsstimmung dieser Heineschen Strophe. Wir wenigstens waren damals ihrer Wahrheit untertan.

Zwei Jahre später, Anfang Januar 32, hatten wir wieder ein am Strom spielendes Ereignis. Aber diesmal war es keine Sturmflut, sondern ein kleines Eis-Abenteuer. Die Tage nach Weihnachten waren ungewöhnlich milde gewesen, und das Eis, das schon Anfang Dezember das Haff überdeckt hatte, hatte sich wieder gelöst und trieb in großen Schollen, die übrigens den Bootverkehr nach der Insel Wollin hinüber nicht hinderten, flussabwärts dem Meere zu. Silvester war wie herkömmlich gefeiert worden, und für den zweiten Januar stand ein neues Vergnügen in Sicht, von dem ich mir ganz besonders viel versprach: Mein Freund Wilhelm Krause, der schon als Schüler und Pensionär des bekannten Direktors v. Klöden die Gewerbeschule besuchte, musste am dritten Januar wieder in Berlin sein, und seitens seines Vaters, des Kommerzienrats, war mit einigen Freunden verabredet worden, dem liebenswürdigen Jungen bis nach dem jenseitigen Ufer hinüber, von wo dann die Fahrpost ging, das Geleit zu geben. In einem sichren Eisboote wollte man, zwischen den Schollen hindurch, die Partie machen, alles in allem acht Personen: erst zwei Bootsleute, dann der Kommerzienrat und sein Sohn, dann Konsul Thompson und Sohn und schließlich mein Vater und ich. Ich freute mich ganz ungeheuer darauf. Einmal weil es was Apartes war und nicht minder, weil eine glänzende Verpflegung in Aussicht stand. Es verlautete nämlich, dass drüben im Fährhause gefrühstückt und wir drei Jungens mit Eierpunsch und holländischen Waffeln regaliert werden sollten. Ich nahm mir vor, weil mir dies männlicher erschien, mich ausschließlich an den Eierpunsch zu halten, blieb aber später nicht auf der Höhe dieses Entschlusses. Um neun sollte das Boot von »Krausens Klapp« abgehen. Wir waren auch alle pünktlich da, nur das Boot nicht, und als wir eine Weile gewartet, erfuhren wir, wovon uns übrigens der Augenschein bereits überzeugt hatte, dass der über Nacht eingetretene starke Frost die Schollen zum Stehen gebracht und die kleinen Wasserläufe dazwischen mit Eis überdeckt habe. Das hätte nun nichts auf sich gehabt; im Gegenteil, wenn nur die Eisdecke um einen Zoll dicker gewesen wäre; sie war aber sehr dünn, und so standen wir vor der Erwägung, ob ein Überschreiten des Flusses überhaupt möglich sei. Der Kommerzienrat, dem daran lag, keine Schulversäumnis eintreten zu lassen, war entschieden für das kleine Wagnis, und als die in langen Pelzjacken dastehenden Bootsleute dies erst sahen, meinten sie sofort auch ihrerseits, »es werde schon gehen, und wenn was passiere, so wäre es auch so schlimm nicht … ein bisschen nasskalt …« – »Ja, Kinder«, sagte Thompson, »wie denkt ihr euch das eigentlich? Das heißt doch so viel wie reinfallen, und da hat man seinen Schlag weg, man weiß nicht wie. Oder die Eisscholle schneidet einem den Kopf ab.«

»Ih, Herr Konsul, so schlimm wird es ja woll nich kommen.«

»Ja, so schlimm wird es ja woll nicht kommen …, das klingt ganz gut, aber daraus kann ich mir keinen Trost nehmen. Oskar …«, und dabei nahm er seinen Jungen bei der Schulter, »wir zwei bleiben hier; Onkel Krause ist ein Windhund, der kann es riskieren. Und du, Bruder, wie steht es mit dir?«

Diese Schlussworte richteten sich an meinen Vater, der ohne weiteres erklärte, Thompson habe recht. In diesem Augenblick aber traf ihn ein so wehmütiger Blick aus meinen Augen, dass er ins Lachen kam und hinzusetzte: »Nun gut, wenn der Kommerzienrat dich mitnehmen will, meinetwegen … ich bin der Schwerste von euch allen … und von Verpflichtung kann keine Rede sein, eher das Gegenteil …« Und bei diesem Entscheide blieb es.

Einer der Bootsleute, mit einem acht oder zehn Fuß langen Brett auf der Schulter und einem Tau um den Leib, ging vorauf, an dem nachschleifenden Tauende aber hielt sich der Kommerzienrat mit der Linken, während er seinen Jungen an der andern Hand führte; gleich dahinter folgte der zweite Bootsmann, ähnlich ausgerüstet, aber statt des Taues mit einer Eispicke, daran ich mich hielt. So ging es los. Es war zauberhaft und wohl eigentlich nicht sehr gefährlich. Die beiden Bootsleute waren immer vorauf und erfüllten mich mit dem angenehmen Gefühl, »wenn die überfrorne Stelle den Bootsmann getragen hat, *dich* trägt sie gewiss.« Und das war richtig. Freilich kamen Stellen, wo der Strom so stark ging, dass nicht einmal Schülbereis das Wasser bedeckte, aber solche freie Strömung war immer nur zwischen zwei verhältnismäßig naheliegenden Eisschollen, so dass das Brett, das der Bootsmann trug, vollkommen ausreichte, einen Übergang von einer Scholle zur anderen zu schaffen. War er drüben, so reichte er mir die lange Pickenstange oder richtiger, hielt die Stange so, dass sie mir als ein Geländer diente. Kurzum, ich empfand nur so viel von Gefahr, wie nötig war, um den ganzen Vorgang auf seine höchste Genusshöhe zu heben, und als ich, nach dem Frühstück drüben, wieder glücklich zurück war, betrat ich das Bollwerk wie ein junger Sieger und schritt in gehobener Stimmung auf unser Haus zu, wo meine Mutter, die von einem sehr erregten Gespräch zu kommen schien, schon im Flur stand und mich erwartete. Sie küsste mich mit besonderer Zärtlichkeit, dabei immer vorwurfsvoll nach dem Vater hinübersehend, und fragte mich, ob ich noch etwas wolle.

»Nein«, sagte ich, »es gab Eierpunsch und Waffeln, und ich wollte auch welche für die Geschwister mitbringen; aber mit einem Male gab es keine mehr.«

»Ich weiß schon. Du bist deines Vaters Sohn.«

»Da hat er ganz gut gewählt«, sagte mein Vater.

»Meinst du das wirklich, Louis?«

»Nicht so ganz. Es war nur eine façon de parler.«

»Wie immer.«

Quellenverzeichnis

Texte

Jörg Buchna, Alle Jahre wieder. Alle Rechte beim Autor.

Hans Fallada, Lüttenweihnacht. Erschienen in: Hans Fallada, Märchen und Geschichten. Ausgewählte Werke in Einzelausgaben. Hrsg. von Günter Caspar. Band IX © Aufbau Verlag GmbH & Co KG, Berlin 2009 (der Band erschien erstmals 1985 im Aufbau Verlag; Aufbau ist eine Marke der Aufbau Verlag GmbH & Co. KG)

Hermann Hesse, Zu Weihnachten. Erschienen in: Hermann Hesse, Sämtliche Werke, Band 13: Betrachtungen und Berichte 1899-1926. © Suhrkamp Verlag Frankfurt am Main 2003

Marie Luise Kaschnitz, Das Wunder. Erschienen in: Marie Luise Kaschnitz, Lange Schatten. Erzählungen © 1960/

Mondschnee liegt auf den Wiesen im Aufbau-Verlag; Aufbau ist eine Marke der Aufbau Verlag GmbH & Co. KG)

Fotos

Seite 9: © simonkr/Fotolia.de
Seite 24: © guukaa/Fotolia.de
Seite 122: © Dropu/Fotolia.de

Wir danken den genannten Rechteinhabern für die freundliche Erteilung der Abdruckgenehmigung. Der Verlag hat sich bemüht, alle Rechteinhaber in Erfahrung zu bringen. Für zusätzliche Hinweise sind wir dankbar.